懐かしの日々、忘れがたき日々

今、生涯を振り返って

細井敏子
Hosoi Toshiko

澪標

外国船にて（2012.7.25）

家族旅行（2012.4.4）

趣味の刺繍

趣味の刺繍

懐かしの日々、忘れがたき日々——今、生涯を振り返って

目次

IV 旅の思い出

V　父亡きあと

VI　闘病の日々

I　大阪の家

幼い頃

「おかあさーん」と、私は大きな声で叫ぶ。二階の窓に顔が見えたかと思うと、直ぐに玄関の戸が開いて、私を迎えに来てくれた。幼稚園の年少組、四歳ぐらいの頃かと思う。大阪は南の現在はアメリカ村、三角公園での私である。当時、三角公園の前に私達は住んでいて、前の道が車や荷車の通りが激しいため、幼稚園から帰って来たら大きな声で叫ぶように言われていたのだった。

家業は、呉服整理業（反物を心棒に巻いたり、絞りの反物の幅を整えたりする仕事）で、両親と二人の妹、通いの従業員三人と住込みの女中さん（お菊どん）で暮らしていた。私は、「おねえちゃん」、次の妹は「こいちゃん」、三番目の妹は「赤ちゃん」と呼ばれていた。お得意先は、そごう心斎橋店、「ちちぶや」「藤井大丸」「小大丸」など心斎橋筋の呉服屋さんであった。忙しい時には、小阪に住んでいた祖父が手伝いに来ていた。祖父が帰る時、私と妹は大きな乳母車に乗って市電の港町停留所まで送っていった。祖父は必ず駅前の「キムラヤ」

でパンを買ってくれた。八幡筋で夜店が出る日には夜店で「金魚すくい」をさせて貰った。又、時には、賑やかな心斎橋筋を歩き可愛いお人形や根付などを買ってもらったこともあった。

ある日、幼稚園から帰ると新しい黄緑色のすべり台が二階の板の間にあった。

「どうしたの」

「今日幼稚園であんたが初めて『先生おはようございます』ってご挨拶できたんでしょう。これはそのご褒美よ」と、母が言う。

「へぇー」

幼稚園ではいつも送ってきてくれた母の後ろに隠れて朝の挨拶もできず、遊び時間にもみんなと遊ぶような子ではなかった。あとで聞いた話では、店の人がこっそり私の様子を見に来た時、私は、運動場の真ん中で立っていたという。母が私に

「何故みんなと一緒に遊ばないの?」と聞いたら私は、

「滑り台やブランコの空くのを待っていたんだけどー」と答えたらしい。

臆病で遊びの楽しさもしらない娘に、親は喜ぶだろうと思って買ってくれたのだろう。

お正月には、前の歩道で羽根つきや、夜には両隣の人たちと家族対抗の百人一首をした。

母は妹を抱いて参加していて夢中になって、妹の手が火鉢の中に入っているのもわからず、妹が大泣きしたこともあった。私が最初に覚えた歌は小式部内侍の「大江山ー」である。母は恋の歌が多いと言ったので、私は、「恋の歌って何」って母に聞いた。母は「大きくなったら分かる」と言ったのでずうっと疑問に思っていた。でも、お陰で、百人一首は知らず知らずのうちに覚えてしまって、今でも七十首ぐらいは覚えていると思う。

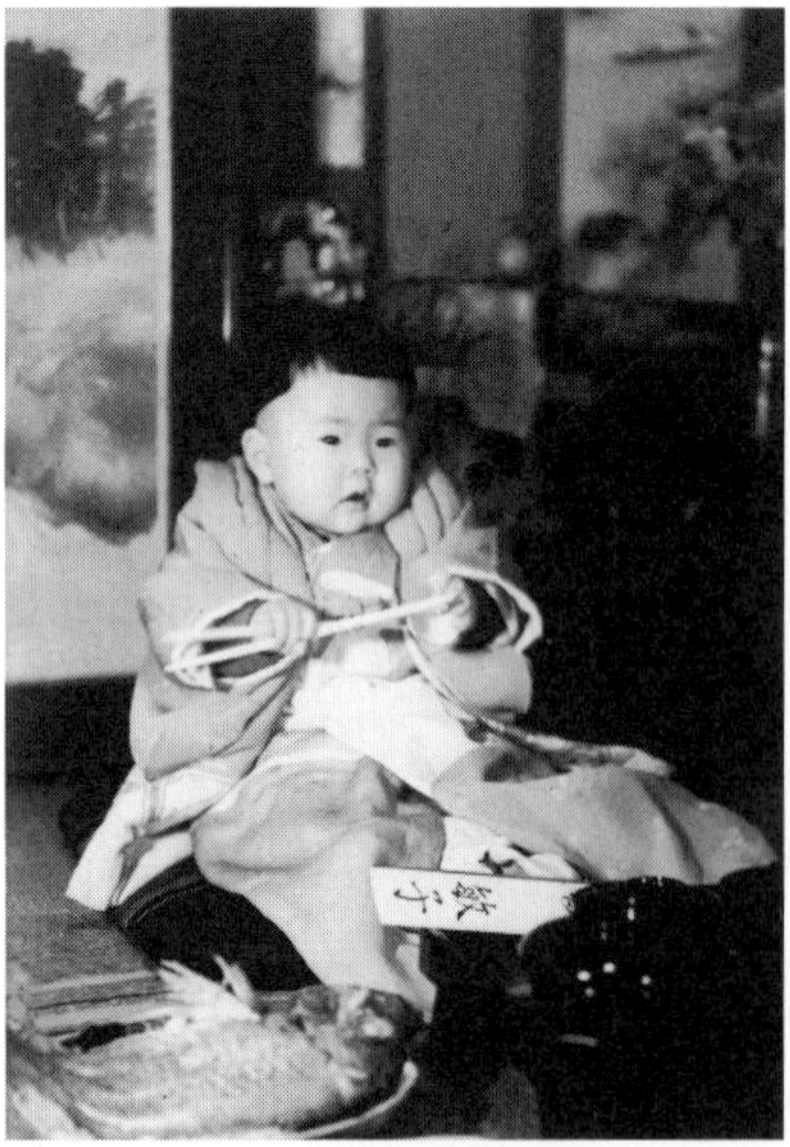
生後100日頃（昭和10年6月）

馬のいななき

「ヒヒヒーン　ヒヒヒーン」と、激しく馬のいななきがする。夏の暑い日、私は、二階の窓から清水橋の方を見る。思った通り橋の上で荷車をひいた馬が倒れている。馬子は荷車と馬を放し、バケツに水を汲んできて、先ず馬に飲ませて、後は何杯かの水を馬にかける。そうして馬を起き上がらせてふたたび荷車を付ける。馬は立ち上がろうと前足を立てるがしかし後ろ足が立たず又たおれてしまう。一度でうまくいくときもあるが、何度も繰り返し、やっとのこともある。小さかった私は、うまくいくように心の中で祈りながら見ていた。馬子も馬も大変だったなあと思い出す。

その清水橋の橋詰から少し下りのカーブになって、端から二軒目が私の家だった。橋から勢いよく降りてきた自動車はカーブをうまく曲がり切れずお隣りの家に何度か飛び込んだ事を覚えている。

お隣りさんは山本さんと姓は覚えているけど何をしておられたかは知らない。ただ前は少し空けて家を建ててあって、入ったところは事務所のようだったので怪我人は出なかった。でも危険だと思った大阪市はいつかコンクリートの防護壁を作った。高さ一メートル幅三〇センチぐらいで夜でもよく見えるように外側にオレンジ色のガラス玉が埋め込んであった。出来上がると早速子供たちの遊び場になった。背丈の低い私でも何とか頑張れば上に上がれる。みんな上に乗って足をぶらぶらして遊んでいた。親たちからすればとんでもないこと、叱られるのは分かっている。でも、そこが又楽しいのだ。

もう一つの遊び場は三角公園、子供の頃はとても広いと思っていたが、何年か前に行ってみるとこんなにかと思うほど小さな公園だった。一番記憶に残っている遊びは缶蹴りである。かくれんぼと同じような遊びで、缶詰の空き缶を鬼になった人がけってその間にみんなが木の陰に隠れてしまう遊びで、全員が見つかれば終わりだが、途中で隠れてた人が、缶をければ、又、全員隠れることができる遊びだった。

家業

家業の呉服整理業とは、桐生や足利などの産地から絹織物が運ばれてきて、お得意先に届ける前に、その店の芯棒に巻いたり、防水加工したり、絞りなどの幅出しをしたりする仕事だった。従業員は両親の他に男性が三人、お手伝いの女中さんが一人いた。その中の一人下田と言う若い従業員に、私は「おねえちゃん」「おねえちゃん」と呼ばれて可愛がってもらっていた。幼稚園にそっと私を見に来たり、中之島公園や宝塚歌劇を見に連れてもらったりしたことを覚えている。随分ロマンチストだったんだなと後になって思った。若い男性に手を引かれた小さな女の子、今だったら問題になったかも知れない。

私たち姉妹は年が続いていたのでよく三人でお人形さんごっこをして遊んだ。初めは紙の人形だったが、その内に布製の人形を手に入れて遊んだ。ある雨の日、私たち姉妹が遊んでいるすぐ近くにオムツが乾かしてあった。豆炭を入れた火鉢の上に折り畳み式の金網の柵を被せその上に濡れたオムツを干す。多分そんなようすだったと思う。すると、火力が強かったのか真上のオムツ二枚が燃え出した。私はその二枚を持って、裸足で炊事場に走った。発見が早かったので事なきを得たが、遅かったら大変なことになるところだった。

大阪の家には階段のある地下室があった。私は一度も入ったことはないが、父はよく出入りしていた。なぜ地下室があったのかわからなかったし、父にも聞いたこともなかったが、最近になって謎が解けた気がする。月に一度ほどだったが、家の戸を開けた途端、強い揮発油の匂いがする日があった。その日は家の土間に反物がしんしばりのように干してあって、それに防水加工をする為に揮発油を塗るのである。だから一日中揮発のにおいの中で過ごさねばならなかった。地下室はその揮発油を保管するためのものだったのだろう。最近になって自分の小さかったころを思い出すと、地下室の謎のように今になってわかってくるものもある。それは面白い。

心臓神経症にかかる

私にとって、大阪の家で住んでいた頃の一番大きい事件は、昭和十八年七月九日におこした心臓発作だったろう。その夜、夕食の食卓についた私は、一口食べるとムカつきを感じた。母に言うと、

「少し離れたところで横になっていなさい」と、言われた。言われた通りにしていたのだが、しばらくすると急に何かが下から上がってきて喉を塞ぐような気がする。

「くるしい」と叫ぶと、母は飛んできて、私の頭を自分の膝に乗せ、女中さんのお菊どんにお医者さんを呼んでくるように言った。私は、苦しくて目も開けていられなかったので、あとは母の顔を見ることもなく、苦しい中「死にたくない、死にたくない」と心の中で叫んでいたと思う。何分か後、お菊どんがお医者さんのカバンを持って走って帰ってきた。後からお医者さんが走って来られて、カンフル剤を注射して下さった。すると嘘のように苦しさがなくなった。父が私を抱き上げて二階の寝室に寝かしてくれた。翌日の朝なんともないので

起きて洗面と歯磨きをしたところ、又、同じような症状が出たので、又、先生のお世話になった。この時も、しばらく安静にしていたら発作は起きなくなった。病名は「心臓神経症」だった。でも母はそのまま学校に長期欠席の届けを出し、三年生は学校に行かなかった。

翌年四月、学校は学童疎開で閉鎖され、小阪の新喜多国民学校に三年生から行くことになった。

そういえば「心臓神経症」になるにはそれだけの理由があった。

昭和十六年、私は家の裏手にあった御津国民学校に入学した。クラスは三クラスで一組は養護学級、二組、三組は普通のクラスだった。私は二組だった。一年生の時の先生はやさしい中年の男の先生でよかったが、二年生になると若い女の先生で、戦時中と言うこともあってかとても厳しかった。例えば、跳び箱が跳べないと跳ぶまでやらされた。逆上がりができないと夏休み中に出来るようにと宿題にされた。私は夏休み中毎日一人で学校に行き逆上がりの練習をした。お陰で出来るようになったが、早生まれで小さくて運動神経の鈍い私にはこれは大きなストレスとなった。それで母は三年生になる時、私を一組に入れてもらうように頼みに行った。一組に入ると二時間目と三時間目の間に地下の食堂で牛乳を一本飲むことや、太陽光の部屋に入ることが授業以外にあった。太陽光の部屋とは円形の部屋の中心に強い光の塔があり、周りにサングラスをかけてパンツ一つになった子供が並びゆっくりと廻る部屋である。大阪の真ん中の学校だったからだろう。しかし「時すでに遅し」だったのか一学期の終わり頃になって、心臓発作を起こしてしまったのだった。

II

疎開（戦時中の思い出）

祖父の家に

昭和一九年四月、私が通学していた大阪市立御津国民学校は、爆撃から子供を守る為、全校疎開になった。我が家では祖父母のくらしている小阪へ疎開する事になった。とはいえ、家業の仕事も細々と続いていたので一家でとはいかず、とりあえず私と妹は、小阪の布施市立（現在東大阪市）新喜多国民学校の三年生と二年生に転校することになった。

六月のある日のことだった。妹が祖父の家の裏庭にあったうるしの木にかぶれ、学校を休むことになった。私ひとり学校に行くのが嫌で嫌で、顔一面白い薬をぬられた妹の顔を見て、おかしいやら、羨ましいやら、複雑な気持ちだった。不安な気持ちで学校へ行った。そのうち、月曜日から土曜日まで祖父の家で過ごし、土曜日学校が終わってから、大阪へ帰るという事になった。祖父は、いつも私達を可愛がってくれたが、側に寄るとお酒の匂いがした。

祖父と一緒に

が、祖母は病床にあり、同居していた祖母の姉親子の二人が病弱な祖母に代わって家事をしてくれていたが、意地悪い人だった。夜になると祖父はラジオの浪曲に聞き入り、祖母たちは離れに行ってしまって、私と妹はふたりきりになって本を読んで時を過ごした。又時には母が持たせてくれた少しばかりのお菓子が、学校に行っている間になくなっていて、くやしくて泣いたこともあった。ある日、待ちに待った日曜日なのに勤労奉仕で登校せねばならない日があった。さつまいもの苗を植える作業だったように思う。私と妹は帰りたくてたまらない。玄関に座ってしばらく考えていたが、どちらが言い出したかは、さだかではないが、はだしで靴をもって祖父の家を抜け出した。

一九年の暮れには、母たちも小阪に来て、父だけが大阪の家に残っていた。三月一三日の大阪大空襲の日は、丁度私の誕生日で父が小阪に来ていて運よく難を免れた。空襲後、何日か経って祖父と父と私との三人で大阪の家を見に行った。上本町の駅を降りると、はるかかなたに「大丸」と「そごう」が見えあといくつかのコンクリートの建物があるだけで、一面の焼け野原何にもない。三人とも「ああ」と言ったきり無言で歩いて行った。家の跡まで行ったが勿論なんにもなく、タイルが溶けてアメのようになっているのをみて、父が当日小阪に来ていてよかったと思った。

山の上の家

昭和二〇年四月初め、布施市の国民学校も全員疎開することになり、私達家族七人は奈良県の入谷にある祖父の従弟の家へ疎開することになった。暖かい春の日、私達は橿原神宮駅に降り立った。父は国防色の上下に三歳の妹を背負い、手には荷物を持ち、母はもんぺ姿に一歳の妹を背負っていた。一〇歳、九歳、七歳の三人はやはりもんぺにそれぞれの学用品の入ったカバンを背負い、防空ずきんと救急カバンをたすきがけにして歩き始めた。道の両側の田んぼにはピンクのれんげ草が一面に咲いていて、のどかな風景の中、私達子供はハイキング気分で山の上の家を目指して歩いて行った。岡寺までの道は平たんで歩きやすかったが、岡寺国民学校の横あたりから登り坂になり、次第に石ころの多い狭い山道になっていった。皆無口になり、ハアハアいいながら登って行った。もう少しで目的の家というところまで登った時、九歳の妹が、「もう歩けない」と言って座り混んでしまった。父は「ここを動かないで待っていなさい。家に着いたら迎えに来るから」と言って妹を残して上を目指した。まもなく山の上の家に着いた。おおきな家で母屋には祖父の従弟のおじいさん夫婦、離れの二階にもう一組の疎開組、その下の二間が私達の部屋だった。

翌日から私達姉妹は先に来ていた疎開組の一〇歳の「かよっちゃん」の案内で山や谷を走り廻った。山ではユリ根を掘り、わらびやぜんまいを探し、谷では川えびなどを捕った。薪用には杉の枯れ枝や松かさを拾った。中でも、家の横にあった竹藪で盛り上がった土の下に筍の穂先を見つけた時は、姉妹でワクワクしながら夢中で掘り始めた。やっと三人で一本の筍を掘り意気揚々と持って帰ったら、ほめられるどころか、おじいさんにひどく叱られた。山には持ち主があり勝手に掘ってはいけないとの事、母が代わりに謝っていた。都会育ちの私には想像すらしなかった。石油カンをコンロ代わりに杉の枝や松かさの燃料に、さつまいもや山菜を煮て食べ、私達子供にとっては、楽しい日々だった。だが二週間程で山を下りて小阪の家に帰る事になった。後で聞いた話では、思ったほど食料が手に入らなくて、しかたなく帰って来たという事だった。家の石垣に一面に咲き誇っていたやまぶきの黄色は今もまぶたに残っている。

敵機来襲

昭和二〇年六月、良く晴れた朝の午前一〇時ごろ警戒警報のサイレンが鳴った。母は私を呼ぶと急いで地図といくらかのお金を渡して、妹二人を連れて「富雄」まで行くように言った。富雄は祖父の弟さんの家で、おじいさんは知っているが、家には行ったことがなかった。その前の空襲の時、至近距離に爆弾がおち、「次はやられる」と父がつぶやいていたのを聞いていたので母の言う意味はすぐ分かった。私は妹二人を連れて小阪駅へと急いだ。電車に乗って石切駅に着いた時、空襲警報のサイレンが鳴り、「敵機来襲、退避、退避」と叫ぶ声が聞こえた。駅の改札を出た時、「線路から離れろ」と誰かの声が飛んだ。私達は大人の後ろについて山の方へ逃げた。石切駅は高台にあるので、大阪平野がよく見渡せる。まもなく地鳴りのような爆音が聞こえ、数百機が編隊を組んで目の前に現れた。と、いきなり爆弾と焼夷弾を落としはじめた。今ではよくテレビ画像で見るあの風景である。落下地点からは煙が上がっている。私達は、皆、息をのんで見ていたように思う。嵐のような爆撃は三十分ほどで終わった。駅へ戻ると、上りは沿線が爆撃されて動かない。下りだけは動いていた。で、富雄に行くしかなく三人ではじめての家に行った。駅からは一本道で富雄北国民学校の隣りで分かり易いところにあった。おばさんは気持ちよく迎えて下さり、えんどう豆ごはんを焚いて食べさせて下さった。そのおいしかった事、いまでもはっきり覚えている。それから私は、両親や妹達のことが心配で、もしかすると両親は死んで私達三人だけ残されたのではーと、思ったりしていた。電話も通じず不安な時間を過ごしていたが、翌々日だったか、リックを背負った父の姿を見つけた時には思わず泣いてしまった。家も母も妹たちも無事で焼けたのは駅前付近だけだったとの事で安心した。まもなく両親と二人の妹も来て、私達三人は隣の富雄北国民学校へ転入した。

　学校で何を学んだかよく覚えていないが、一年上のクラスに「中村メイコ」が疎開してきていた事はよく覚えている。また担任の先生から「細井さんとこお兄さんいはるやろ」と言われ「兄はいません。あれは、父です」と答えたことがあった。父はきゃしゃで若く見え、いつも兄に見間違えられていた。家が隣だったので学校の行き帰りに父を見かけられたのだろう。

　まもなく夏休み。そして、八月一五日の玉音放送は富雄の部屋で一家できいた。雑音でよく聞き取れなかったが、日本が負けた事は分かった。私は今夜から電燈にカバーをしないで明るく暮らせると思うと嬉しかった。父もひそかに「早く手を上げたらいい」と言っていたので、我が家ではみんなホットした空気がながれていた。

富雄での疎開生活は三か月足らずで終わり小阪へ帰った。

Ⅲ　青春時代

クラブ活動

暗室を出ると外は真暗、人けのない学校の廊下に電燈がポツンポツンと灯っていて気味が悪い。私はクラブの部室に鍵を返し、門衛さんに遅くなった事を詫びて門を開けてもらい、急いで家に帰った。高校生になって選んだクラブは、ラジオ写真部であった。これには、父の影響がおおきかったと思う。父は家のラジオを組み立てたり近所の人のラジオを修理してあげたりしていたし、レンズはスイスのツアイスだと自慢のカンバン写真機で私達子供をよく撮ってくれていた。

最初に父が私に買ってくれたカメラは中古のオリンパスだった。今のカメラとは違い、絞り、時間、距離、すべて自分であわさねばならなかった。おまけに距離はフイートだった。写真部では、撮影会は勿論、フイルムの現像から焼き付け、引き伸ばしまでやった。フイルムの現像一つをとっても、現在とは大違い、天秤はかりで薬品を計って調合し現像液と定着液をつくる。それをトレイに入れてしずみの中へフイルム通し、両手でフイルムの両端を持って大きく手を動かして現像する。暗室内の赤色灯にフイルムをかざして、映像の具合を確かめ定着液に入れる。そしてつるして乾かす。印画紙もサクラ、フジ、ベロナなどがあり、仕上げたい写真によって印画紙を選び、仕上げたい映像の濃淡を考えて、光をあてる時間を調節する。それらをやっているとつい時間を忘れてしまう。女子高ゆえ部室を使う部員は少なく、一年生から三年生まで全員で十名ぐらいだった。だからいつでも暗室を使う事が出来た。ある時、奈良へ撮影会に行き、藤棚の根元で草を食む二頭の鹿を撮った写真が廊下に張り出された。モノトーンのやわらかい雰囲気の作品だった。それを見た教頭先生から「細井さん、この写真貰えないか」と言われ、私は「どうぞ」と差し上げた。お礼に先生は自分で翻訳された「クオバデス」の本にサインを入れて下さった。

ラジオクラブでは配線図を見ながら真空管ラジオの組み立てをやった。ハンダごてを使ってするハンダ付は、父のをよく手伝っていたので得意だった。シャープへ見学に行った時、試作品の大きなテレビが作られていた。私がテレビをみたのはこれが最初だった。もう六〇年も経つのに昨日の事のように思い出す。

写真クラブで学んだ事は、その後銀行へ入っても慰安旅行の後の展示会で一位になった。銀行事の時にはカメラマンを頼まれたりいろいろ役に立った。現在でも姉妹旅行や友達とのお花見の時にはカメラマンをやっている。

ラジオ写真部部室にて

東南アジアからの留学生

昭和二十八年頃、東南アジアからの留学生と、一つ屋根の下で暮らしていたことがあった。留学生は近畿大学に通っていて、日本が賠償（太平洋戦争の時に東南アジア諸国の国に大きな迷惑をかけたので、敗戦後国の費用で招待した）で招いた人達ではなかったかと思う。

インドネシア人が一人とパキスタン人が二人、その人達のお世話をする女性二人の五人がセットであった。小阪の家は広くて二階は全然使ってなかったので、二階を全部と、ちょうどトイレもあったし炊事場にする場所もあったので、全部を使ってもらうことにした。高校生の私にはよくわからなかったが、近大に寮ができるまでという事で我が家に来る事になったのではないかと思う。お世話をする二人の女性は通いだったのか家に住み込んでいたか思い出せないが、三人の留学生はとても賑やかだったと思い出す。宗教によって食べるものに制限がある事はその時知った。ただどちらもイスラム教徒の多い国だが、礼拝をしている姿は見たことがなかった。彼らが食事をする部屋だけは一階で、私たちの部屋とは襖ひとつだったので、いつしかカタコトの英語や日本語で話し合うようになった。

ある日、私達姉妹と三人の留学生とでアサヒアリーナへスケートに行くことになった。勿論、彼らは初めてである。私達姉妹だって何とか滑れるが人を指導できるほどではない。それでも一応スケート靴を履いて全員氷の上には立てた。しかし、現在とは違って、外国人と親しげに手をつないで氷の上に立っているだけで注目の的、みんなの視線を感じて恥ずかしかった。彼らはこけてばかりしていたが、手すり磨きではなく堂々と真ん中で立ったり、氷の上に両足を投げ出して休んだりしながらも楽しそうだった。二時間程遊んで帰ったがお互いによい思い出になった。一年ほどで寮が出来て移って行ったが、しばらくは何となくさみしかった。

その後の事は何も知らない。

東南アジア留学生（3名）とともに

銀行員になって

昭和二九年四月、大きな不安と小さな希望を胸に三井銀行の行員になった。その前年、大学志望がダメだとわかった時、他より初任給が良い三井銀行への就職を希望し、試験を受けた。たった一度の試験に運よく合格したのだった。

配属されたところは堂ビル支店、当時梅田支店はまだなかったので、男女五〇人ほどの北の旗艦店だったと思う。同期に入ったのは東大卒のUさん、高卒男子のF君、高卒女子のAさんと私の四名だった。F君とAさんは出納係へ、Uさんと私は預金係に配属された。慶応卒のこわもての西村係長とUさんとの間の席が与えられた。仕事は伝票運びとお茶くみである。出納から出てくる伝票を各係に運ぶのと、支店長室や貸付係、預金係に来られるお客さんにお茶を出すのが仕事である。朝は早く行って、預金係全員の机を拭き、鉛筆を削っておく。その中でよかったのは席がUさんの隣だったことだ。彼は当時ハリウッドの人気スターだったビクチャマーチャーに似たイケメン、歓迎会ではフランス語で「ロマンス」を歌い、二〇人ほどの女性の殆どの心をつかんでしまった。労音や労演の申し込み用紙が廻ってくると隣の席の私は彼と同じ日にすれば一緒に行ける。だが、今日こそは彼とと思いウキウキ気分で仕事を終えて二階の休憩室に上がって行くと、すでに六、七人の女性が待っている。たまにうまく二人だけの時があってデート気分で出かけたりすると、翌日が怖い。朝、先輩たちから昨日の二人の行動を詰問される。

昭和三〇年のお正月、私は彼ともう一人東京から来ているYさんを家に誘った。当時はまだ新幹線はなく、銀行も十二月三十一日までの営業であったから、東京へは帰ってもすぐとんぼ返りせねばならず、そんなこともあって二人ともすぐ「お邪魔します」と来てくれた。その時の嬉しそうな写真が今も残っている。

しかし、その後彼は為替係に、私は彼の後の普通預金係に役替えがあり席は離れてしまった。普通預金に代わってすぐ、私と先輩のSさんとは、日本金銭登録機へ普通預金の機械化の講習へ行くことになった。それまで手書きだった通帳も元帳も、同時に機械で記入されることになり、今から思えば大きな転換期の一つだった。

続いて、当座預金も機械化された。その間、私は普通預金から定期預金へ代わり、当座預金へもまわされた。定期預金にいた時には先輩Fさんはとても厳しい人で金庫の中で隠れてよく泣いた。で、誰が行っても続かなかった。当座預金は男性一人、女性二人の三人だったが、毎朝四〇〇口ほどある得意先の残高を先輩の女性が全部暗記している姿を見て、私も覚えようと必死に努力した。手形交換できた小切手や手形が落とせるかどうかを早く判断して、足りない場合は先方に早く連絡してあげねばならないからである。又、二五日等忙しい日には、いちいち印鑑照合等で時間を取らないように、常に得意先の印影、筆跡などもしっかり覚えるようにした。


丁度その頃、Uさんは東京の京橋支店へ転勤になった。送別会の日、独身男性からは「あなたがいると、女性がみんなこちらを向いてくれなかった」と悲痛な声が上がって盛り上がった。その日も彼は又シャンソンを歌って、帰りは御堂筋を肩組みながら皆で「ロマンス」を歌って別れた。

西村係長からは預金係の女性全員に

「U君を独身で東京へ帰しては、大阪の女性の恥やで」と、言われた。預金係で一番美人の浜比嘉さんは

「係長、ライバルが多すぎてどうにもなりませんでした」と答えた。私は自分の人生でこのような人とは二度と出会えないだろうなと思った。二十年程前、「四季報」を見ていると三井銀行の役員欄に彼の名が載っていた。

現金輸送係

「堂ビル支店の出納には男子行員はいないのか」と、大阪支店の出納係長にどなられた。昭和三二年はじめ、出納係へ役替えされた私は、いきなり現送（現金を輸送する）と、得意先の集金などをまかされた。現送は、銀行の車で屈強な用務員さんと一緒に朝、大阪支店へ現金を受け取りに行き、夕方、大阪支店へ返しに行く仕事である。首からかけた笛だけが唯一身を守る手段である。支店で身体も一番小さい女子行員に現送などをまかせるとは、人が疑問をもつのも当然であろう。出納係には勿論男子行員もいたし、私も係長に怒鳴られたことを伝えたが、変えてはもらえなかった。

現送には他にもまだまだ仕事がある。子会社にあたるF相互銀行北支店とO信用金庫への現金の輸送である。これらも朝晩必ずある。毎月二五日の給料日には席に座る間がないほど忙しく現送をやっていた。当時は現物支給の時代だったし、それに一万円札も出ていなかったから（五千円札は三二年一〇月、一万円札は三三年一二月発行）、現金の持ち運びは相当の重労働だった。勿論私などひとりで持てるわけがなく、受け渡しの確認とハンコを押すだけで後はすべて用務員さんがしてくれた。ちなみに一〇円硬貨は一袋四万円入るのだが、私は持てなくていつも引きずっていた。

後で聞いた話では、若い女子行員を現送に使うと、得意先の注文を通しやすいと言う事だった。例えば給料を全部新券でほしいと、得意先から注文があった場合、大阪支店の出納係長に融通してもらいやすいと言う事などだったらしい。現在では警備会社の若い人が防弾チョッキにヘルメット姿で現金の輸送をやっているのをよく見る。

姉妹五人と自宅にて（昭和32年1月3日）

集金業務についてだが、毎日夕方大阪駅北側にあった国鉄（現在のＪＲ）福島駅近くにあった日野自動車、時々ヤンマーディイゼル、電通、拘置所、天満公証人役場などであった。中でも拘置所は強く印象に残っている。当時大阪拘置所は堂ビルの裏にあり、コンクリートの高い塀で囲まれていた。集金の要請があると、私は首から三井銀行のカードをかけ車で向かう。門の前でブザーを押すと、立って監視をしている警官が上の窓を少し開けて、カードを見せると門を開けてくれる。二重のドアを押して中に入り会計係へ行って集金をすませる。寒い冬の日など、青い囚人服を着た人々がはだしで床を拭いているのを見たこともあった。冷たいだろう、と思ったが、それでも彼らは模範囚なのだろう。

又、毎日の集金でも、真夏など冷房のない車で福島までまともに夕日を浴びて行き、帰りは帰りで後ろから西日が照り付ける。暑かったのが忘れられない。

堂ビルは古いビルで暖房だけは取り付けてあった。問題は夏である。冷房はない。扇風機はあるが伝票が飛ぶのでかけられない。夏の朝、満員電車に乗って梅田に着く。そこから歩いて堂ビルに着く。汗がどっと噴き出してくる。書類を出すまでのわずかな時間だけ扇風機に当たれる。後は、扇風機はロビーのほうを向いて回っている。

移動の少ない女子行員の中でも、預金係三ケ所そして出納と移動の多かった私にまたまた移動が起きようとしていた。

勝山通支店勤務

銀行員はお昼休みを交代で取るので、私はひとり出納の柵の中で札勘（お札を数える事）をやっていた。昭和三三年一月のあるお昼の事である。突然電話が鳴った。取ると、同じ高校から入った人で大阪支店の電話交換手のSさんからであった。

「もしもし、細井さんあんた転勤やで」

「ええツ、私が、またどこへ」

「勝山通支店、ほんとうや」

後は、何を話したか覚えていない。側に誰もいなかったので聞かれる心配はなかったが、騒ぐ胸を押さえて交代の人と変わって二階の食堂でお昼を食べた。頭の中はずーっとなぜ、なぜと思い続けていた。お昼を済ませて降りて行くと支店長室に呼ばれた。そして正式に、勝山通支店への転勤を告げられた。出納係へ帰って係長はじめ皆に告げると一同、皆驚いて何故、何故と聞いてきたが私にも分からない。瞬く間に店内に広がり、私の側に人だかりが出来るほどだった。それぐらい、当時は女性の転勤はめずらしかった。私の在籍中に女性の転勤は私ひとりだけだった。

勝山通支店では、急に三人の中堅の女性行員が辞めたようで、早く来て欲しいとのことで引き継ぎもバタバタと勝山通支店へ行った。先ず最初に感じたのは、これが同じ銀行なのかと目を疑った。行員の服装、言葉づかい、雰囲気、何もかも違いが大きく嫌気がさした。堂ビル支店は梅田に近く、独身寮が甲子園口にあった為、東京からの人が多く、言葉づかいも標準語だったし、当時の三井銀行では大学卒と言えば、東大、京大、慶応、早稲田のみで、堂ビルでは男子行員の半数が大卒であった。が、勝山通支店では、支店長から平行員まで一人も大卒者はいなかった。女子行員の服装もだらしなかった。ただカップルはたくさんできていた。私はすぐに出納係のテラー（窓口）を務める事になった。

数日後、御堂筋支店から転勤してこられた木谷係長が私に

「細井君、堂ビルから来たんだって」と、声をかけられた。

「はい、最近転勤してきました」

「そうだろうな。君だけ何か違うよ」と、言われた。

しばらくして、私はこの木谷係長の為替係に役替えになった。為替係は初めてで、三つ年上のTさんと二人であった。少し仕事が分かってくると、彼はやりやすい仕事からするのであとに溜まることが多く他の係りから問い合わせがあったり、残業せねばならなかったりすることがおおかった。残業していると、彼に好意を持っているOさんから電話があり、私が出ると無言で切れてしまう。いくらイケメンでも仕事の出来ない男性はゴメンである。

昭和三五年四月、初めてひとりの部下を持つことになった。高津高校卒の三つ年下の女性である。私は常に優先順位を考えて仕事をこなし、二度手間をかけないようにした。すると今までの残業がなんだったのかと思うほど仕事が早く終わり、すべて片づけて終業時間を待つほどであった。彼女は家が八戸ノ里で私は当時小阪に住んでいたので、家に帰って夕食を済ませて、八戸ノ里にあるプールへ一緒に行った事もあった。

一番驚いたことは年末である。堂ビルでは周りの企業も二九日ごろには終わるので、三一日は早く帰ることが出来た。勝山通支店では廻りの商店が夜中まで開けているので集金が何

度でもあり、行員は帰る事が出来ない。やっと支店を出て鶴橋駅まで歩いてホームに降り立つと
「明けまして、おめでとうございます」と、アナウスされている。疲れがどっと出た。

父の病いで退職

仕事に意欲を感じ始めた昭和三五年六月初め、父は日赤に入院した。前日の夜中に血性の物を吐いて掛かりつけ医にみてもらったところ大きな病院で診て貰うように言われ、日赤へ行ったら、即入院だった。検査の結果大腸癌と分かり、二四日、手術、手遅れで大腸に癌が広がっていて、取ることが出来ず、しばらくの間の処置として食べ物の通る道を作ったと言われた。母もショックだっただろうが、私もショックだった。父なき後母が一人で質屋をやって行くことは無理なので直ぐに銀行へ退職願いを出した。銀行では八月末まで来てほしいと言われた。

銀行にいた六年四ケ月は実に充実した年月だったと思う。仕事も懸命にやったし、遊びのほうもよく遊んだ。冬は銀行の山荘があった赤倉のスキー学校へ参加してスキーを基礎から学ぶ事ができたし、夏は学生時代の友や同僚と旅行を楽しんだ。仕事帰りにはサンケイホールでダークダックスのコーラスを聞きに行ったり、松竹座で二期会のオペラを見たりした。演目は忘れてしまったが中之島の中央公会堂に大きな氷柱を立てて暑さを凌ぎながら音楽を聞いたことは、はっきりと覚えている。ただマイナスもあった。自分の事を考えずに男性を見る目だけは高くなってしまっていた。現在の年令になれば、一人一人の生きざまで学歴などは関係ないことが分かるが、二〇代では分からなくて、勝山通支店でも付き合ってほしいと言われた男性もいたが、断っていた。高校時代から付き合っていた男性からは、正式にプロポーズも受けたが何かもの足りないものがあった。

Ⅳ　旅の思い出

初めてのスキー旅行

脱衣場で服を脱ぎお風呂へ入ったOさんが、すぐに飛び出してきた。

「混浴や、男の人が入ってはる」と。

では先に入ったDさんは、と思っていると、Dさんも出てきた。

「どうしたの、分からなかったの」と、聞くと
「男の人の銅像がおいてあるのかなと思ってた」と言った。

思わず大笑いになった。強い近視のDさんにはメガネをはずすともう何も分からなかったのだろう。三人は又服を着て地下の「女湯」に行った。もともと地下の「女湯」を宿の人から教えられていたのだが、いつももうひとつある「女湯」ののれんが気になっていた我々は、安いスキー客だからとひがんでいたのだった。で、今日は一度入って見ようと思ったのだ。

昭和三二年一月、宇奈月温泉へスキーに行った時のことである。

この年より三年前、昭和二九年の夏、高校を卒業した仲良し三人は初めての旅行先に上高地を選んだ。当時の上高地は登山客以外は訪れる人もなく、静かなところだった。バスもガラガラで大阪工業大学の学生三人と私達三人、他に数人の乗客のみであった。皆、登山客で私達のようにスカートにサンダル姿はいなかった。私達は「清水屋」旅館を予約していたが、殆どの人はテントだった。バスを降りた時、工大の男性から「明日、一緒に焼岳にのぼらないか」と誘われた。即答はしなかったが、皆、その気はなく、待ち合わせの時間に行かなかった。ところが翌日河童橋からバスに乗ったら、焼岳から下山してきた三人組が大正池から乗って来て一緒に大阪まで帰ることになり、その後は年に一度ぐらいは一緒に登山に行くようになっていた。その彼らに誘われてのスキー旅行だった。大広間に男性四人女性三人頭を突き合わせて寝た。部屋に帰ってその話をすると

「僕らも先に入ってじいーっと立ってたらよかったな」と、言って爆笑になり、大いに盛

宇奈月温泉のスキー場にて

り上がった。

ゲレンデは近くにあったが、あまり広くなくリフトも一基だけで工大の三人はリフトで上に上がり滑っていたが、私と男性の一人とはスキーを担いでゲレンデの途中迄行き滑り降りる事を繰り返していた。スキーが初めてのOさんとDさんは下の方で転びながら練習していた。銀行のスキー学校で習っていた私は工大のリーダーの岡見さんによると直滑降は二級クラスだ、とほめられた。雨の日は旅館のホールでダンスをしたり、トランプで遊んだり、兎に角楽しい日々だった。

このスキー旅行でもう一つ目に焼き付いていることがある。当時大きなスキー場では貸スキーが、あったが宇奈月ではなく、皆、スキーも靴も持って行ったように思う。私は自分の靴もスキーも持っていたので、靴はリックの両ポケットに入れて持って行った。宇奈月駅に汽車が到着した時、女性はリックを持って降りた。男性は二人ずつに分かれ窓からスキーを降ろし始めた。なにしろ七人分だ。もう少しですべて降ろせる。その時、ボオーと汽笛がなり汽車が動き出した。あわてて残りのスキーをホームに投げおとしたが、車内の二人はどうなるのかと、思った瞬間、二人は窓からホームへ飛び降りた。もう少しでホームがなくなるところだった。皆のスキーも無事だった。

現在ではとても考えられない事だ。

東北旅行

昭和三四年七月、銀行の仲間三人（男性一人、女性三人）と、寝台特急日本海で東北旅行に出た。大阪駅二三時発、青森着翌日の二二時である。初めての寝台車で眠れるだろうかと不安だったが、杞憂におわった。翌日朝、魚津に着いたところで寝台車は切り離され私達は普通車に乗り移らねばならなくなった。うかつにもそのことを知らなかった私達は座るところがなく、乗客ひとりひとりに下車駅を聞いてそばに居て順番に座っていった。翌日の夜二二時に青森についた。改札で「浅虫温泉はどう行けばいいのですか」と尋ねた時、ズウズウ弁で答えられて、やっとここは青森だと実感がわいた。

翌日、十和田湖経由で玉川温泉に行った。近づくにつれて硫黄の匂いがだんだん強くなる。粗末な山小屋の温泉旅館である。各部屋の前に傘立のようなものが置いてある。なにをするものかと思っていたが、直ぐに謎は解けた。まわりは至る所に煙が立ち上っていて、人々は思い思いに地面にゴザを敷いて横になっている。ゴザは一〇〇円で貸してくれ、そのゴザを立てておく場所なのだ。夕食も朝食も長い机に向い合せに座り戴いた。リンゴジュースが美味しかったことだけを覚えている。朝食を終えると私達は焼山、毛氈峠を越えて後生掛温泉へ行った。焼山の登りはきつかったが毛氈峠はなだらかな尾根で、周りの景色を楽しみながら歩いた。毛氈峠は毛氈ゴケの自生している峠だとは知っていたが、毛氈ゴケが食中植物とは知らなかった。途中、避難小屋でトイレ休憩をして後生掛け温泉まで下った。丁度、お昼ごろに着いた。後生掛温泉もひなびた温泉で焼け板で囲った建物に男湯、女湯、と書いてあるだけで、湯治客は皆、自炊のようであった。オンドル式とかと言って地熱のある上に小屋を建て板張りのうえにゴザを敷いて皆寝ころんで話していた。私達はトイレと昼食で休憩をして、山を下った。トイレは天然の水洗トイレで下を山の水が勢いよく流れていた。流れた水はどこへ行ったのだろう。昼食も粉のジ

東北旅行

ユースに水を貰い前日に買ったパンとの粗末なものであった。その日は雫石温泉に宿を取っていたので昼からは山をくだり、バスと電車を乗り継いで東北本線雫石駅に着いたのは夜の八時頃だった。取りあえずお腹が空いていたので、駅前のおそば屋さんに入った。そこできいたところ雫石温泉はもう一駅手前で降りなければならず、その時間にもう下りの電車はないと言う事だった。困り果てた四人を見てお蕎麦屋さんの方が自家用のジープで雫石温泉まで、暗い野道を送って下さった。ありがたかった。道中、皆で相談して確か八〇〇円を渡した。

翌日から、中尊寺、毛越寺、裏磐梯、五色沼、仙台、と廻り、東京から二人は大阪へ帰り、私ともう一人はもう一泊して六泊七日の旅は終わった。

中でも毛越寺の庭園の広かったこと、裏磐梯、五色沼の美しかったことは印象に残っている。

この旅には続編がある。四人の中の一人が銀行を定年になった年、女性三人でもう一度、玉川温泉から後生掛温泉まで歩いてみないと言う事になり、今度は飛行機で行った。玉川温泉はガンが治る温泉で有名になり、秋に行く予定を春に予約しようとしてもなかなか予約が取れなかった。なんとか予約を取り玉川温泉に着いた。建物も増築はされていたが三五年前と変わらず、周りの風景も変わらず、懐かしさがこみ上げてきて胸がジーンとなった。一泊して以前と同じ道を焼山まで登り、毛氈峠を越えて避難小屋で休憩をして後生掛温泉に着いたのは午後二時、三五年前とは二時間の遅れであった。驚いた事に後生掛温泉はもう以前の面影はなかった。温泉宿は三軒になり前は八幡平アスピーテラインが走っている。もう一つ驚いたのは玉川温泉からの道で誰一人にも会わなかった事だ。私達は、昼食をとり、二〇分程歩いて八幡平の頂上（一六一三m）にある湿原地の小道を歩いた。そして、予約していた宿、松川温泉へバスで向かった。松川温泉は一軒しか宿はなく、近くに大きな地熱発電所があった。翌日帰途に着いたが山をバスで下ると、立派なホテルがあり、何か急に現実の世界に引き戻されたようでがっかりした。

怖かった思い出

旅は楽しいものであるが、一度だけ怖い思いをしたことがあった。その時撮った一枚の写真があったと思い探すが見当たらない。一緒に行ったKさんに聞いても写真のことは忘れたと言っている。

二〇代後半、私とKさん（旅友）とは南九州への旅を計画した。別府、宮崎、鹿児島が主だったと記憶している。別府では銀行の保養所で泊まり、鹿児島では国民宿舎に泊まった。宿の前の浜辺を散策していると、数匹のトビウオが海面をたたくように飛んでいくのが見えた。又、指宿ではジャングルのようになった男女混浴の温泉にも入った。真ん中にある円形の大きな湯船には、おばさん達が陣取っていて男性の姿は見えない。女は強いなと思ったのを覚えている。

さて、もう一泊、都井岬で泊まろうとしたときの事である。私達は当時一軒しかなかった宿を予約していた。部屋へ案内されたときあまりのひどさに二人ともがっかりしていた。荷物を置いて野生の馬を見に行って、宿に帰ってくると若い男性が車で三人来ていた。彼らはそこで泊まらず油津にある宿で泊まる、と言い私達にも油津へ来ないかと誘ってくれた。中の一人が知っている人の宿で部屋も多くあると言うので一緒に車に乗った。着いたところは確かに立派な旅館だった。二間つづきの部屋に通され、大きなほうの部屋で皆一緒に食事をした。寝るのは勿論私達二人は小さいほうの部屋だが、ふすまで仕切られただけだ。左側は窓で入っては来られないが、右側は廊下、二人は部屋にあるだけの物をふすまの前に置きバリケードにした。右側の廊下に出ると、右に行けば逃げられることを確認して床に就いた。が、二人ともなかなか寝付けない。と、突然、電気が消えた。二人は飛び起き、身構えた。その気配に気づいたのか数分後にパアーと電気が付いた。その後いつの間にか眠ってしまった。

翌朝、停電したことを三人に話したら、三人とも

「そんなことあったの」とシラをきった。別れ際に車の側で写真を撮った。最近まであったと探すが見つからない。

何故、宿の人に別の部屋を頼まなかったのか、見知らぬ人の車によく乗ったものだ、など後から思うが「魔が刺す」と言うのかその時はなんとなく流れに流されたように思う。

たった一度の怖い思い出である。

富士登山

昭和三十六年七月二十一日、私は友人三人と富士山に登った。前年に行くつもりだったが私は父の病気で銀行を退職、リーダーの筒井さんも東京へ転勤になり、この日になった。

私と西上さん（勝山通支店の銀行員）は前日に大阪をたち、熱海の銀行の保養所で一泊して二十一日の朝、東京から来た筒井さん澤井さんと合流した。澤井さんとは初対面だっただが直ぐに打ち解けた。先ず浅間神社にお参りをして五合目まではバスで行った。降りるともう頂上が見えている。のぼり道も右に左に折れて見えている。それぐらい木の一本もない広い野原のような山である。私達は九合半で

富士登山

泊まることになっていたので、そこを目指して歩き出した。足元はコオクスと土が混じったような道で歩きにくい。それに高所なので酸素が薄く息苦しい。私達は、一歩、一歩ふみしめるような感覚で登って行った。道幅は二人並んで歩くのがやっと、下りは別のルートがあるのか下りの人とすれ違うことはなかった。途中、半合目間隔で小屋があり、少し休憩してまた歩き出した。だんだん上るにつれて西上さんが遅れて来られて、筒井さんが
「細井さんと澤井さんは先に行って上で待っていて。僕は西上さんと後から行くから」と言う。私達は言われたように先に二人で登って行った。山登りには自分のペースがあり、それをくずされると余計に疲れる。夕方早く九合目半に着きくつろいでいると、筒井さんたちが来て無事合流する事が出来た。山小屋は次々来る登山客でごった返し、どうして夕食を食べたかおぼえていないが、布団の上に男性も女性も関係なくメザシのように寝たことは覚えている。夜中にトイレに行って帰って来たらもう自分の入る場がなくなっていて困ったことを覚えている。何とか入ったが筒井さんの手枕で寝た。朝、三時半に起こされて簡単な朝食を取り、まだ暗いみちを懐中電灯で照らしながら登っていく。まもなく山頂、気温六度、それなりの服装はしていたが寒い。太陽の上る方向にカメラを用意する。すると雲が白く見えたかと思うと周りが明るくなり太陽が顔を出す。一斉に拍手とカメラのシャッター音が聞こえ

る。反対方向を見ると雲の上に富士山の影が見える。影富士である。軽い高山病の西上さんを残して三人はおはち巡りをする。富士の噴火口の周りを歩くことである。帰りは須走ルートで降りることになった。須走ルートとは砂と灰が混じったような斜面を走って降りることである。走るつもりがなくても一歩足を踏み出せば傾斜が急で止まらなくなるのである。人の後には砂煙が上がっている。その代わり、登りに半日以上かかった道を二時間程で五合目まで降りることができた。帽子もリックサックにも砂が溜まっている。が、水は一人洗面器に一杯だけ、先ず顔と口を洗い、タオルを濡らして帽子やリックサックを拭いて服やズボンの砂を払ってバスに乗った。そのままみんなと一緒に東京に行って私と西上さんとは東京でもう一泊して帰った。富士山は見る山で登る山ではないというけれど何かしら一仕事を成し遂げた満足感を持つことが出来た。

初めての海外旅行

平成二年四月、主人と私は初めての海外旅行にニュージーランドを選んだ。それはニュージランドのミルホードサウンドに行きたかったからだ。先ずツアーの一行が空港に集合した時、添乗員さんが

「このツアーに行けば後はどんな飛行機にも乗れますよ。羊が数えられるほどですからね」

と、言われた。私は遠距離の飛行機は初めてで不安になった。が、十一時間後に無事にクライストチャーチ空港についた。クライストチャーチの町はきれいな所で、大橋巨泉さんの店があったり、どの店にも日本人の店員さんがひとりいたりで見て回りやすい街だった。その後の地震で倒れた教会にも行った。そこで一泊して飛行機でクインズタウンへ飛んだ。クインズタウンの街はゆっくり一回りしても一時間ぐらいで回れる小さな町で私も主人もセーターをお土産に買った。後は世界一急なロープウエイに乗って町を見下ろしたり、羊の毛刈りを見学したりした。翌日はいよいよバスでミルホードサウンドへ。遊覧船に乗り美しい渓谷

の間を行く。お天気も良く、岩陰にいるペンギンを見たり滝の下をくぐったり、ゆったりとしたすばらしい時間を過ごすことが出来た。日本にも渓谷の間を行く観光地はいくつもあるがミルホードサウンドはスケールが違う。

その夜はテアナウ湖畔に泊まることになり、添乗員さんが「今夜は土ボタル（ヒカリキノコバエ）を見に行きます。八時に船が出ますので八時にここに集合してください」と、言う。私は、添乗員さんに言った。

「八時に船が出るのなら、八時に集合は間違いではありませんか」

「ここではそれでいいのです、時間はきっちりしていませんから」

なるほど、これがカルチャーショックというものだと納得した。

八時に集合場所に行ってみると真っ黒な湖に一隻の船が待っていた。乗り込んで暗い船で暗い湖を三十分ほど行くと洞窟があり、小さな船に乗り換えて洞窟の中に入っていった。

すると天井一面に青い光が「ホタル」のように輝いているではな

ミルホードサウンドにて

いか。美しいというか気味悪いというか。

翌日、マウントクックに行くことになっていた。その日は朝から小雨が降っていてテアナウ空港から小型機でマウントクックに行くことになっていたが、テアナウ空港から何故か飛行機が飛ばないという事でバスで別の空港に行った。空港に到着するとおもちゃのような可愛い飛行機が一機、駐機していた。十数名のツアー一行が乗り込むと直ぐに飛び立ち三十分ほどでマウントクック上空に着いた。ところがそこからが大変、地面が目の前に近づいたかと思った、次の瞬間山の頂が下の方に見える、それを繰り返している。もう激突して死ぬのではないかと思った。

「キャー」とか「わあー」とかの声の間に、

「まだ死にたくない」と、言う若い女性の声が聞こえる。

私は、心の中で「どうか無事に着きますように」と、祈り続けていた。

何とか山の頂上の平らな所に降りることができた。当日到着した飛行機はたった三機だけだった、他の十機ほどは着陸出来ず引き返したと聞いて「危なかったんだな。でもよかったなア」と思った。それだけにその夜のディナーにでたムール貝のソテーはとても美味しかった。

翌日、北島のオークランドに行った。博物館で飛べない鳥、「タカヘ」や「キュウイ」を見た。ミルホードサウンドではやはり飛べない鳥「ケア」を見た。「はと」ほどの大きさの鳥で羽の裏がオレンジ色の美しい鳥である。何故、飛べない鳥が多いのかと聞くと天敵がいないかららしい。

それから最後の夕食でシーフードレストランに行った。入った所に四十センチほどの大きなブラックタイガーが飾ってある。まさかあのブラックタイガーがまるごとひとりで食べることになるとは思っていなかった。が、席に着くとひとり、ひとりに食べ方を聞いてくる。私は、生で食べたいと思い注文した。大きなお皿に生のブラックタイガーが食べやすいようにはさみは入れてあるが一匹まるごと運ばれてきた。少し生臭いにおいがしたが、ワサビ醤油でいただいた。大きなエビをひとりで食べたのは私の人生でたった一度の体験である。

ブラックタイガーを手に

ニュージランドはスケールの大きな親日的な国であり、最初に添乗員さんが言われたことが証明された旅行であった。

セレブテイ、ミレニアム乗船記

平成二五年九月一四日の日経新聞に一度は乗って見たい外国船という記事があった。その一位になっていた船、セレブテイ、ミレニアム号が瀬戸内海を横断すると書いてあったので、即電話をした。パンフレットを送ってもらうつもりだったのに、もう下から二つのランクは予約が一杯で、下から三つ目のランクならという事だった。キャンセル待ちも考えたが、以前の国内船クルーズを思えば半額だし即申し込んだ。

いよいよ乗船の日（平成二六年五月四日）、主人と私は神戸ポートターミナルへ急いだ。目の前には大きな客船があった。近くでは全体が見えない程の大きさで九万一千トン、乗客二千人、クルー一千人乗りの大きな船だ。はやる心を静めながら、七一一一号室はあの辺だろうかと見当をつけていた。出国手続き後、乗船。中央のホールで神戸乗船者全員に救命胴衣の付け方や各客室番号の鍵と避難場所を印したシーパスカードを渡された。部屋の広さは以前の船と変わらないが、ベランダが付いているだけ広く感じた。乗客はすべて日本人、クルーは殆どが外国人、言葉は英語、通貨は米ドル、ただ五〇人程の日本人クルーが乗船している。夕食後、シアターで真矢みきさんのトークショーを見た。船首部分の三階から五階までを吹き抜けにした大劇場で五〇〇人は入れる。人が多いので入場にも並ばねばならず、入りきれない程の人だった。

翌朝五時出港だったが目が覚めたのは六時、「あれ、この船うごいてるの」と思わず言ってカーテンを開けると、島影が後ろへとうごいている。ただ残念な事に小雨。楽しみにしていた瀬戸内海なのに。

次から次へと島々がぼんやりと後ろへ後ろへと消えていく。神戸鳴門明石海峡大橋、瀬戸大橋、来島海峡大橋の順に三大、大橋の下を通り抜ける間も島影が途絶える事はなかった。お天気が恨めしい。朝食、昼食は一〇階にあるオーシャンビユーカフエでバイキング形式で食べられる。ただ自分で取るのではなくて、this one と指させばお皿に入れてくれる。乗船の時の手の消毒、各所にあるジエル状の消毒液など衛星面ではずいぶん気が使われていた。お皿にとってくれるのはよいが、日本人の感覚とは違って一ハサミの量がおおいのには閉口した。アレコレ味わいたいが種類を減らさざるを得ない。パンやアイスクリームや果物は美味しいが、お寿司等は食べられたものではない。この日ドレスコートはフオーマルの日、一応フォーマルに着替えてメインダイニングに行く。テーブルは指定席で十人一テーブルであった。夫婦、友人、親子とそれぞれ二人ずつのカップル五組、居住地も横浜、高松、福岡、奈良とまちまちである。食事は毎日フルコース、何もかも量が多くて食べ切れない。食事が終わると劇場でダンスショーを見た。

翌日は晴れ、韓国釜山港へ入港、入国手続き後、海東竜宮寺観光（ヨングンサ）に出かけた。丁度、旧暦のお釈迦さんの誕生日で人が多くバスが駐車場に入れない。随分手前で降りて、人に押されるようにお寺に入り、ピンクや赤や黄色等の美しい提灯で飾られた橋を渡り海を背に建つ仏像の前で写真を撮り、時間を気にしながらバスに戻った。もっとゆっくり見たかったが、人が多いのと時間が短いのでよくわからないままで夕食会場へ向かう。夜、光の丘のような船へ戻った。

翌朝八時済州島国際旅客船ターミナル入港、韓国最高峰（ハルラサン）一九五〇メートルの山腹にある火口山サング

家族そろって

ンブリと、世界遺産として知られる城山日の出峯の観光に出かけた。バスから見る風景は、島の北側は牧場ばかりで、南側はみかん畑が多い。私の済州島のイメージとは程遠いものだった。城山日の出峯一八二メートルは、十万年前の海底噴火によって出来た巨大な岩山で頂上には緑の噴火口があり見晴しのよいところだと知っていたのでどうしても登りたいと石の階段を登りはじめた。往復五十分、気はあせるが、息が上がってしまい早く登れない。登れば登る程目下の風景が変わっていく。もう少しで頂上というところに東屋があり、少し休憩して時間を見るとあと二十五分しかない。残念だが引き返すより仕方がない。その後ロッテホテル内の免税店へ立ち寄った。そこは立派な建物で日本のデパートと変わらない。バスのガイドさんの話で韓国では受験戦争が激しいとの事、それは主要六大企業に就職できなければ一生よい生活が出来ない事、老人の自殺が多い事等を話された。儒教の国なのにと思ったが、何か寒々とした韓国の印象だった。

翌朝七時最後の寄港地長崎港松ケ枝国際ターミナル入港、入国審査の後ハウステンボス観光に出かける。前日の疲れであまり歩き回りたくない。花で飾られた船で中央の塔迄行き、塔内の和食レストランで昼食をとった。その美味しかったこと。やはり慣れた和食は舌にも胃にも浸みた。十六時頃出港、横浜港まで三十九時間の船旅だ。朝は十一階のデッキで大海原を眺めながらのウオーキング。私はこの時間が一番好きで、クルーズ船の魅力だと思う。昼はビンゴゲームやカジノで遊ぶ。この船には立派なカジノがあり日本から十二海里離れると開店される。以前シンガポールではじめて遊んだときには、アツという間に三十ドルぐらい損をしてしまったが、今回は少しコツをつかんだのか十ドルぐらい損をしただけで二時間程楽しめた。夜はジャグリングの鉄平さんのショウーをみた。

最後の夜（五月九日）思わぬ事があった。夕食を皆でいただいていると、山下さん、細井さん、とよばれ何かしらと思っているとシャンパン一本とバースデイケーキをテーブルまで持ってきて下さった。二人とも誕生日を祝ってもらったのである。主人は五月十日が誕生日なのだが、十日の朝、横浜港で下船なので一日早くお祝いして下さったのだろう。主人も思わぬプレゼントに照れながら写真に収まった。

五月十日朝八時頃、横浜港国際ターミナルへ入港し解散となった。

森近運平一〇三周年墓前祭に参加して

平成二六年四月二〇日、主人と私は森近運平一〇三周年墓前祭に参加した。主人は何度か出席しているが、私は始めてだった。一〇時三〇分からと言うことで、私達は前泊していた福山駅前のホテルからタクシーで、主人の実家跡の会場へかけつけた。先ず驚いたのは、小雨が降り寒い中二張りのテントは人で一杯、思っていたより人が多い事だった。森近運平は主人の伯父に当たる人で、大逆事件で幸徳秋水達と共に刑死した人である。

墓前祭は森近運平を語る会の会長の森山誠一さんの挨拶から始まり、秋水の故郷である高知県四万十市の前市長さんをはじめ、明治大学の山泉先生のお話や、東京、大阪、和歌山県等の活動の様子の報告があり、最後に墓前にお線香を供え、集合写真を撮り散会した。

午後は森山さん宅で、最近、運平さんの奥さんの実家（弓削家）から発見された遺品の数々を見て廻った。ただ一人の女性、菅野すがさんから運平さんに当てた直筆の手紙などもあった。

帰りは百周年の時にドキメンタリー映画を製作された田中さんの車で福山駅まで送ってもらって帰路に着いた。

百周年の時には作家の方やNHKの方、ドキメンタリー映画の製作の田中さん等など、たびたび取材に家に来られた。その時の主人の言葉や出来た映画をみた時、大逆事件で刑死された方々の周囲の人達は多かれ少なかれ被害を受けてこられた事を知った。あの時代（明治四十三年）日本の政府が、社会主義思想を持った人達を一掃する為に行った事で、刑死した人達は犠牲者であると思うのだが、なかなかそうではなかったようだ。

運平さんが獄中から奥さんに送られた手紙の中にあるように、「事件の真相は後世の歴史家が明らかにしてくれる」との言葉も百年の時を経てやっと認知されるようになったと思う。私としては今はただ運平さんの名誉回復と、主人や森山さん宅にある遺品を後世に残るよう、きっちりした所に寄贈して欲しいと思っている。

主人の友人が送って下さった翌日の中国新聞の写真を見て驚いた。私が墓前に線香を供えているところが載っていたからだ。

平成二十七年家族旅行

息子（長男）から夏休み旅行に一緒に行かないかと誘いがあったのは、六月初めの頃だっただろうか。主人と私は声をそろえて「連れて行ってくれるならありがたいな」と答えていた。

出発の日は前日迄の雨も上がり、青空の美しい晴天、息子が借りてきたレンターカーで九時三十分出発、後部座席では孫達がはしゃいでいる。大した渋滞もなく大阪市内を抜け、兵庫県香住町にある湯村温泉へ向かった。途中息子が「たじま高原植物園」へ寄ろうと言った。私は何も調べていなかったので、植物園があることすら知らなかった。トンネルの多い中国山地の山々を見ながら高速道路を降り、右に左にカーブを切りながら行くと「たじま高原植物園」に着いた。訪れる人も少ないだろう、と車内で話し合っていたが、予想に反して駐車場には結構車が入っていた。入場すると標高六八〇メートルの高原は涼しく広々した自然のままの公園で、数種類のギボシが花をつけていた。アジサイやキキョウも自然な形であちら、こちらに咲いていて目をたのしませてくれる。息子の話ではギボシは二百種類以上あるようだ。木々でうっそうとした森の中からはヒグラシの鳴く音が聞こえる。わが家では夏の終わりを告げるセミだが、気温の低いこの地ではこの時期なのかと思った。何より自然のままの森の中を歩けるのが嬉しい。この園のシンボル、和池の大カツラは、幹の周りが十六メートルで樹齢千年といわれている巨木、何か人間の営みがちっぽけなものに感じられる霊気のようなものを感じた。

四時頃、目的地、湯村温泉湯快リゾート三好屋に着いた。息子達家族は三階、私達は二階の禁煙室、出来るだけ人手を省いた宿らしく、お布団も敷いてあるし、夕食も朝食もバイキングである。まぐろの解体ショーがあり孫達も喜んで飛んでいき、まぐろの中おちを貰って来ておいしそうに食べていた。私達もまぐろのトロの部分を沢山いただいて充分満足した。夜は三世代六人でトランプをして楽しんだ。

翌日もよい天気、ゆっくり十時宿を出て「餘部鉄橋」へ行った。私はどうせ下から眺めるだけだろうと思っていたが、行ってみて驚いた。コンクリートに架け替えられた事は知っていたが、上に登る事が出来るとは思っていなかった。明治四五年の完成から百年、平成二十二年新しいコンクリート橋に架け替えられ、その際、三本の橋脚は現地保存され、平成二十五年五月、展望施設「空の駅」として生まれ変わった。高さ四十一メートルから見る日本海は美しく思いがけず、美しい風景に出会う事ができ心が洗われた。

帰りは出石町に立ち寄り、出石そばを味わって帰途に着いた。車でなければ行けない旅で久しぶりにすっきりした気分にしてくれた。

姉妹旅行

私達姉妹は母が亡くなった翌年から、年に一度一泊旅行に行くことにしている。今年の幹事は藤沢に住んでいる末の妹隆子の番で、メインは東京駅舎見学と東京ステーションホテル宿泊である。

四月二十日（平成二十八年）大阪、奈良に住む三人は新大阪や京都から新幹線に乗り込み、近況を話合ってる間に東京へ着く。東京駅で隆子と合流し、はとバスに乗る。まず靖国神社に参拝し、スカイツリーへ向かう。三五〇ｍまで五〇秒で上がる。隅田川や国技館は良く見えたが、他は春霞であまりよく見えない。アベノハルカス美術館（十六階）や大阪帝国ホテル二三階レストランぐらいの方が美しい。高ければよいということではない、と私は思った。

夕方、東京ステーションホテルにチェックインする。二階の中央より少し右側のお部屋で、部屋に入るなり皇居の森に沈む夕日に、全員「ワアーきれい」と思わず声を上げた。部屋は天井が高く、ゆったりしていて、外国人向きかお風呂にはシャワーが二つも付いていた。それでいて調度品やシャンデリアは、和の雰囲気がある。人気のホテルとは聞いていたが、確かに最近泊まったホテルの中では最高であった。

翌日一階に降りて、東京駅見学ツワーに参加する。五三人を三つにわけて一四人で男性ガイドさんの説明を聞く。東京駅は各方面に分かれていたターミナル駅の中間を結んで中央停車場を設定する構想から始まり、一九一四年（大正三年）十二月二十日に開業した。設計者は辰野金吾で工事を請け負ったのは大林組であった。基礎工事には、三・六ｍから七・二ｍの松杭を一万千五十本打ち込みその上にコンクリートを打ち完成させた。松杭は向いの丸ビルに保存されていて、おそらく国内産ではなく輸入ものだと言われた。国内産だとこれだけ真直ぐな松はないだろうとの事であった。丸ビルの七階からは東京駅舎全体が見られるが、丁度前の広場が工事中できれいな写真は取れなかった。でも、三三五ｍの赤レンガの駅舎は壮大で後の世に残していくべきものと思った。

東京駅にて

一九二一年（大正一〇年）十一月四日政友会京都支部大会に出席の為、当時の首相原敬が乗車口へ向かっていたところ、大塚駅員の男に、襲撃され暗殺された。暗殺現場とある丸の内南口ホール内の壁に、概要を記したプレートが床にはマークがうちこまれていた。

一九三〇年（昭和五年）十一月十四日、当時の首相浜口雄幸は岡山県へ向かうため、九時発の「燕」に乗ろうと第四プラットホームにいたところピストルで狙撃され、この傷がもとで、翌年八月亡くなった。真下の新幹線中央乗り換え口付近の柱にプレートが、床にはマークが打ち込まれている。

一九二三年（大正一二年）九月一日、関東大震災に見舞われた。駅舎に被害はなく、駅員の必死の消火活動により類焼は食い止められた。

一九四五年（昭和二〇年）三月十日の東京大空襲では焼けなかったが、五月二五日の空襲で焼けてしまった。

終戦後、赤レンガ部分を出来るだけ残しつつ、被害の大きかった三階を取り壊して二階にし、ドームの丸屋根はピラミッド型にして、一九四七年（昭和二二年）三月一五日に完成した。

その後一九五八年（昭和三三年）に地上二四階、地下四階、高さ八八ｍの高層ビルに建て替える構想を始め、立て替えの話は何度かでたが、一九七七年（昭和五二年）日本建築学会から、東京駅を慎重に取り扱う事を求める要望書が国鉄総裁に提出された。一九八七年（昭和六二年）には「赤レンガの東京駅を愛する市民の会」も発足して復原を目指した要望書の提出などの活動が始まった。

二〇〇二年（平成十四年）二月、石原慎太郎東京都知事と大塚JR東日本社長との会談により、具体的な復原の作業が動き出すことになった。

二〇一二年（平成二四年）十月一日復原工事が完成し、グランドオープンした。丸の内駅舎の南北ドームの天井は八角形になっていて、鷲の像や十二支をモチーフにしたレリーフ、兜や鎧など日本的なモチーフをデザインした装飾がされている。最後に一泊二名で八十万円のホテルの部屋を見せて戴き、フルコースのランチを楽しんで東京駅舎見学は終わった。口には出さなかったが、後、何年、姉妹で旅行が楽しめるだろうか？との思いが胸に広がり言葉につまった。

この工事に際してJR東日本では「現存する建造物について後世の修理で改造された部分を原型に戻す」という意味で「復元」ではなく「復原」という言葉を採用している。

佐賀の九年庵

親友のKさんから佐賀の九年庵に紅葉を見に行かないかとさそわれた。何でも佐賀の大実業家、伊丹弥太郎が九年の歳月をかけて作った庭園で、毎年、紅葉の九日間しか公開されないところだそうだ。紅葉なら佐賀まで行かなくてもと思ったが、彼女とは銀行時代からの付き合いで、おたがい誘い誘われよく旅をする仲間で、佐賀には一度も行った事もなかったので参加する事にした。

当日新大阪の集合場所に行くと、杖をついたご夫婦やスキーのストックのような杖を両手にした方など、ジパングの旅行ならではの光景、添乗員でなくても大丈夫かしらと気になる。博多までは山陽新幹線、博多から新鳥栖までは九州新幹線に乗り、降りたところから長崎県営バスで廻った。大阪、京都、兵庫、和歌山、富山、岡山、広島と広範囲からの参加で総勢四十一名で、一人参加も五名とか、やはり老夫婦の参加が一番多い。

期待の九年庵は、確かにもみじは多いが、まだ葉が緑で残念。今年は、いつまでも暖かくて紅葉はと思っていたが、予想は的中。次に行った小城の清水の滝も紅葉は見られず、またまた残念。だが、ここのライトアップは一万本の竹の中にともされた火で、見事なものであった。武雄温泉と嬉野温泉に分かれて宿泊。翌日も又紅葉を求めて五ケ所程廻ったが、いずれももみじは青いままで、二、三本の紅葉した木に群がって皆シャーターをきっていた。しかし御船山楽園では御船山を借景としてツツジが群生しており、一同「おおッ」と声を上げた。古刹、大興善寺でも山一面がもみじとツツジで覆われていて、新緑の頃を想像すると又五月頃に来てみたいと思った。バスの中からピンクの大きな花が見える。初めて見る花で、なんだろう、と、思っていると、誰からともなく皇帝ダリアだ、と言う声が聞こえてきた。帰って調べると茎は三、四メートルにもなり花は直径二十センチにもなるとある。ただ霜に弱いらしい。で、関西では見られないのであろう。肝心の紅葉は見る事が出来なかったが、お天気がよかったこと、宿の食事が美味しかったこと、バスガイドさんがベテランで紅葉をホローして下さったこと等、参加してよかったと思った。何より、気のおけない友と楽しく二日間過ごせたことは幸せであった。

V

父亡きあと

父との別れ

昭和三五年六月一日、父は大阪赤十字病院へ入院した。その前夜、血性のものを吐いて病院に行ったところ即入院となったらしい。その頃私は銀行に勤めていて、家業は質屋をやっていた。入院と言っても検査入院ぐらいですぐに退院出来ると考えていたが、母の話では、腸に癌が出来ているようだーと言う。日曜日に父のところへ行くと、だんだん痩せてきて元気が亡くなっているのが分かる。病室からは、夾竹桃の花がよくみえる。今でも夾竹桃の花を見ると父を思い出す。六月二四日手術、開腹したがもう手遅れで癌が無数にあったようで腸の良い部分をつなぐバイパス手術をして終わったようだ。当日私は銀行を休めなかったので、母から聞いた。私はこの日、初めて事の重大さに気づき、すぐ銀行に退職願いを出した。だが、銀行では八月末まで来てほしいと言われ、八月末に退職する事になった。父は痩せては

若かりし日の父

いたが容体が一応落ち着いて来たので七月末に退院することが出来た。

だが、痛み止めの注射は欠かす事が出来ないので、看護婦さんが一人住み込みで来ていただいていた。八月末で銀行を退職した私は、昼間ずっと父の側にいた。父は私に「良くなっているようには思えないが、一時的に悪くなっているのか、どう思うか」と聞いたり、葛湯をコップに一杯作って手渡すと、「もっと大きな鉢に作って来てくれ」と言ったり、生きる事への執念を見せていたが、日を追うごとに、自分でもダメだと感じ出したのか私に「誰それさんには気を付けや」と遺言めいた事を言うようになっていた。そして九月八日、昼頃から呼吸が乱れて来て、紙と鉛筆を持って来るように言ったので、私が父の手に持たせたが、もう書く力がなく、翌九日の朝五時頃、母や私達姉妹に見守られながら、息を引き取った。五〇年と九ケ月の命だった。

父は大阪の堀江で大きな呉服店を営む伊藤家（古い大阪の地図に載っている）の次男として生まれたが、物心がつく前に細井家に養子に来て、病身の養母と、養母の姉親子、養父との家族の中で肩身の狭い生活を強いられ、母と結婚して初めて味方が出来たと喜んだ、と聞いている。翌年私が生まれ、次々と女の子ばかり五人、戦争で家業も辞めざるえなくなり、戦後、家族を養う為、パンを手製の窯で焼き（勿論すぐに営業用の物を買った）食料事情が良くなってくると、質屋へ転業して仕事も軌道にのって、これからと言う時に亡くなってしまって気の毒な一生だったと思う。

父は特に長女の私を可愛がってくれて、銀行に入行した時の服地も丼池《どぶいけ》筋へ買いに連れて行ってくれたし、着物も父と買いに行った。色彩感覚もすぐれていて、父の選んでくれたものはいつも気にいった。商売も上手で戦後の物のない時にも、オルガンを買ってくれたり、心斎橋の丸信で、姉妹お揃えの服を誂えて貰ったりしていた。忘れられないのは、終戦の前の七月初め、衰弱してものが喉を通らなくなった養母のために私を連れて、近鉄京都線「平端」駅で降りて桃を買いに行った事だ。暑い中、何軒も何軒も頼んで歩いて、やっと二つの桃をわけて貰う事が出来た。その養母は七月二八日に亡くなった。もう一つ忘れられない事は、亡くなる年の春、家の近くにあった田んぼが売れて、土地代金が入った時、私の銀行の裏口から預金に来てくれた時の嬉しそうな笑顔、今でもはっきり思い出す。今生きておれば、一〇〇歳を超すが、せめて母と同じぐらい迄、生きていてくれたらーといつも思う。ただ、近江商人（伊藤家の出身地）だった父の血は私に、そして私の次男にと受け継がれていっているように思う。

わだち会に入って

わだち会とは商大自動車学校の卒業生によるＯＢ会のことである。私はこの会に偶然入った事により、目が覚めたのである。

父の四九日を済ませたあと、車の免許を取ろうと商大自動車学校へいった。運動神経のにぶい私だったが、女性が少なかったせいか丁寧に教えて貰って無事に免許が取れた。車はダットサン、ギアーの切り替えはクラッチを踏みながらのものであった。昭和三五年秋、男性でも免許を持っている人はまだ少ない頃で女性は尚少なかった。卒業証書を渡された日、その中に以前から知っている女性がいた。小阪駅の側の呉服店梅原さんである。彼女に誘われてわだち会に入会した。仕事は自動車学校の卒業式に卒業証書を渡すことだけで、後はラリーやジムカーナー、一泊旅行など遊びである。

当時わだち会に入っている方々は東大阪の中小企業のオーナーで成功した人々であった。大体四十代、五十代で、町工場の社長である。私はそれらの人々と付き合っているうちに、現在我が国を支えているのはこれらの人々であると、気がついた。私が銀行で見てきた東大や慶応卒の人々は、ほんの一握りの大企業の上にたつ人達である、と思った。

いつも梅原さんのヒルマンに載せて貰う事が多かったが、ときには、井上さんの車に、そして梅原さんは納儀さんという男性の車に乗ることもあった。そんな時、帰りには「ふぐ」をご馳走になり、南のバーに連れていかれる。飲めない私は「いつも、愛想のない子やな」と言われていた。遅くなりそうな時には、梅原さんと目くばせして、「トイレに行ってきます」と言ってそのまま二人で店を出る。

ある時、ラリーがあった。今では考えられない事だが当時は車が少なかったので、出来たのであろう。私は梅原さんと組んで、ナビゲーターを務めた。まず、出発にあたり番号札が配られる。そして、車の時刻を合わす。番号順に五分おきに出発する。出発時に時速何キロと定めた紙と行き先の地図、簡単な問題が書かれた紙を渡される。最終目的地は知らされない。途中、何か所かチェックポイントがあり、そこでのマイナスが一番少ない組が優勝である。私はそろばんで計算して運転している彼女に「もう少し早く」とか「次の信号を左とか」伝えるのである。どの時点でチエックされても、与えられた時速でなければならない。出来立ての名神高速を吹田から京都まで乗ることになっていた。料金所の混み具合を何分と考えるか、私達は少し早かったので名神を降りたところで時間調整をしていた。知らない人が車を止めて近づいてきて何か器具を貸してほしいと言ってきた。その器具は持っていたが、返して貰うのに時間がかかると大変なので「持っていません」と、うそを言った。問題も〇〇神社の交通安全のお守りとか、前日の新聞とか、一円玉を一〇個とかであったが、すべてクリアして優勝することが出来た。最終目的地はもみじの永源寺であった。

その後、ラリーがあると他の多くの人からナビゲターとして乗ってほしいと頼まれるようになった。

質屋の廃業

父が亡くなっても家業の質屋は、母と私でやって行くつもりだった。もともと、質屋の鑑札は母が取っていたので続けることはできた。両親は戦争で疎開するまで大阪で呉服の仕事をやっていたので、着物などを見る目はあったが、宝石や時計などは父が講習を受けたり、自分で勉強したりでやって来たものだった。私は父が元気な時に遊び半分で、時計の裏蓋の開け方や宝石の鑑定の仕方など聞いていたが、まさか自分がすることになろうとは思ってもいなかった。お客さんはほんとうにお金に困って借りに来る人ばかりではなく、時計の外側と中の機械とが違うまがい物を、初めからだますつもりで持って来る人もいるので、母と私ではそれをうまく見分ける事が出来ず、損ばかりすることになる。

運よくその年の春、まだ父が発病する前、産業道路を挟んだななめ向かいの土地に布施北電話局が建ち、地主だった我が家にお金が入った。そのお金で借家を改装してアパートにした。その収入で女ばかり五人は食べていくことが出来た。で、質屋は廃業することにした。廃業通知を出してから三か月待ち蔵の中の質ぐさを処分した。母は地域の処分市に、私は大きなふろしきに着物や服をいれ、大阪の「松坂屋」へ持って行く。家から近くの近鉄バスに乗り上六迄行き、タクシーで「松坂屋」へ行った。何度か繰り返し、処分することが出来た。

父が亡くなる前、私に言った事はすぐに現実の事態として現れた。先ず、父が注意するように、と言っていた道路を挟んだ向かいのTさんは、十日も経たないうちに、工場を建て始めた。そこは土地のみを貸していたところであって、すぐに中止を頼んだ。すると、その土地を売って欲しい、と言って来た。続いてその隣も売って欲しいと言って来た。柱になる人を失って困っているのを見透かしての事だと思った。当時、母の実家の兄が心配して、よく来てくれていた。このような時、父は相談するなら、高井田のSさんにと言っていたのに母は兄に仲介を任せてしまった。母の実家は長瀬で大きな農家だったが、交渉には向いているような人ではなかった。案の定、坪一万円で売ることになった。私はいくらなんでも貸地で半分にしても三、四万円には売れると思っていた。数か月後、一軒は信用金庫に坪八万円で売ってどこかへ引っ越して行った。父の目の確かさに驚いた。と、同時に父がいてくれたらと悔やんだ。

転宅

昭和三七年秋、私たち家族は転宅することになった。

この転宅はしかし結果的には後にいろいろな幸運をもたらす事になった。

元々、祖父が買ったこの家（東大阪市、御厨）は旧奈良街道に面していて、その後に産業道路が出来たため両方に門があった。戦後、祖父が小阪駅から産業道路まで出られるようにと家の東側を七〇坪ほど、市に寄付したため私の家は三方道になってしまった。勿論、小阪駅から産業道路まで真直ぐに出られる道は別にあったが、少し東に行くとなかったからである。三方道にかこまれた古い大きな家は、台風で塀が崩れたりしたときには修復に費用が掛かったり、夏の庭木の水やりも大変であった。母の実家が長瀬なのでその方面に親戚が多く、何軒か見て廻って、久宝園の家に決めた。近鉄分譲の住宅地で、東南の角地で前は田んぼののどかなところであった。

引っ越しを決めた頃、母は更年期で体調が悪く、なにもかも私がやらねばならなかった。引っ越しの前に古道具屋さんに来てもらって、蔵の中のものを売った。次に金庫屋さんにきてもらって、引っ越し先の金庫置き場はコンクリートで土台を作る工事をせねばならない事も分かった。市大に電話をして、当日、手伝って貰えるアルバイトを二名頼んだ。大きな家から小さな家への引っ越しだからどうしても持って行けないものもある。金の屏風や餅つきの臼や杵、蒸籠や釜など一時的に母の実家へ預けた。疲れたが無事に出来た。

しばらくして、アパートの集金に行った帰りに家に行って見ると、産業道路側の戸が開いており、日頃使ってなかった古い銅版張りのお風呂の銅版をはがして束ねてあるではないか。私は誰かが家に入って銅版をはがして売っている、と思ったが一人で入って行くのは怖いので道路に出ている銅版を門の中へ入れて門を閉めて帰った。気になるので翌日行って見ると、何と厚かましい「触らないで下さい」と紙に書いて又門の外へ出してある。おそらく泊り込みで銅版をはずして売っているのだろう。

母は植木屋さんに事情を話して二人で小阪の家に行った。思った通りの結果だったが警察には言わず、許したようだ。

このような事件があって、家を残しておくのは良くないと思い、家も蔵も庭も壊して平地にすることにした。庭には手水鉢や灯籠もたくさんあったが、一部は久宝園に移し、現在の家に持ってきたのもある。すると、思いがけず家の下から石のお地蔵さんが出てきた。おそらく奈良街道沿いに祀られていたものと思われる。その時母が言った。

「このお地蔵さんのためやわ。小阪の家にいる間、病人が出るか、お金に困るか、よい事が一つもなかった。直ぐにお祀りしましょう」と。都合のよい事に、その時久宝園の町会で藤田さんと言う方が、お地蔵さんを祀られているという事が耳に入った。町会の古い方にお願いして一緒に祀って頂く事にした。それからお地蔵さんを守る会「奉賛会」のメンバーとしてご詠歌をあげたり、当日子供さんにあげるお菓子を買いに行ったりしていたが、ここ二年は右手が使えないので、お供えをお渡ししているだけになっている。私達がいなくなっても、続けて行って欲しいと息子達に言っているが、どうなることやら先の事は分からない。

縁談

話は後先になるが、私達家族が転宅を考え始めた頃、銀行に同期に入ったAさん（すでに結婚していた）から「山本に家を買ったので、遊びに来ない」と、電話があった。私が訪問すると彼女の家は山本駅を南に行って右に曲がったところで六〇坪ほどに新築された二階建ての家であった。多分農地だった所へ建築業者が五軒ほど建て、両はしは空地になっていた。建売住宅のはしりだった。彼女の家は一番奥にあった。畳の匂いも新しい家の中を見せて貰い茶菓子をいただきながらの話では、隣りの空地も将来を考えて買ったと言う。

「すごいなー」と、言いながら聞くと、

「この家を勧めてくれた不動産業者さんはすごくいい人で、隣の二件目の空地の手数料は取られなかったのよ。で、誰かを紹介するわ、と、言っておいたのよ」と。

私は帰ってその不動産業者さんに電話をした。布施の「告知社」で、今でも付き合っている。勿論、どちらも代替わりしているが。

この業者さんとの付き合いで久宝園の家も買い、更地にした小阪の土地もエッソ石油株式会社に売り、その後の土地ブームに乗り資産を増やすことが出来た。妹達も持参金付で結婚することが出来た。母は近鉄の無料乗車券を欲しいと近鉄の株を買った。株もどんどん上がり四倍ほどになった時、私が母に言った。

「株式なんて今は上がっているけど、いつ下がるか分からないよ、売って土地を買ってガレージ経営でもしたらどう？」と。

母はそのとおりしてくれた。勿論、今は当時の買い値ではないが何十年かガレージとして営業益を取ってきたのだからよかったと思っている。

もう一つ久宝園に移ってよい事があった。久宝園に落ち着いてくると、同じ町内に三井銀行の勝山通支店時代の次長さんの家があることが分かり、挨拶に行った。すると奥さんが「私の親戚によい男性がいる、紹介するから会って見ませんか？」と、言われた。母に相談すると「会ってみたら」と言う。

その人が今の主人である。縁とは不思議なもの、たった七年しか勤めなかった銀行で出会った人びととの縁が、人の一生を決めてしまうのだから。

Ⅵ　闘病の日々

乳ガン

私は三七歳の時（昭和四七年）乳癌になった。それも両側である。三〇歳で結婚して、実家の近くのマンションに住んでいた。翌年長男が生まれよちよち歩き始めた頃、実家に帰り母との同居が始まった。私が結婚した時には妹二人が実家にいたが二人共続いて結婚して、母が一人になった為であった。母は初めての内孫が男の子だったので非常に可愛がり、服なども次々に買ってきて、私の趣味に合わないものでも着せなければ収まらない。朝、主人が出勤すると今度は一日中主人や主人の身内の悪口を言う。私が主人をかばうと母の愚痴はエスカレートする。時には妹のところへ行ってしまうこともある。すると、謝って迎えにいかねばならず厄介なことになる。娘を取られたという気持ちと、若い者にバカにされたくないとの気持ちからだろうが、ストレスが溜まる。同居から三ケ月、私の体調がおかしくなって来た。不定愁訴というのか、フラついたり、体がだるかったり、突然呼吸が出来なくなったりの症状が出て来て、育児も家事も満足に出来ない。妹達は「親と一緒だから姉ちゃん甘えているんだわ」などと気持ちを逆なでするような事を言う。その頃、お風呂で自分の乳房にシコリを見つけ、かかりつけ医のK先生に相談した。先生は「心配なら一度八尾市民病院で診てもらいなさい」と言われた。病院の外科の先生は「ホルモンのバランスが崩れていますね。ホルモン注射をしましょう」と言われて週に一回ずつ二ケ月程通ったが改善しないので細胞診をすると言って、左の乳房を少し切って細胞検査をした。その結果は、「硝子性繊維腫」で良性、ただ、「悪性に変化する事もあるので三ケ月に一度検診に来て下さい」と言われた。三四歳の時だった。ところが三五歳の時妊娠、母は私の体調がすぐれないので中絶をすすめたが、K先生に相談すると、「年齢的にも最後のチャンスだし、子供にとって兄弟がいる事は何よりもよい事、それに妊娠、出産は病気ではないので生みなさい」といわれた。「念のため、総合病院で」とも付け加えられた。そして翌年六月次男が生まれた。六ケ月程で授乳を終わり、十二月頃に乳房を見ると以前細胞診したところ辺りがゴツゴツしているように思った。早く病院に行かねばと思いながら、幼稚園児の長男と次男の世話に追われなかなか行けない。二ケ月後の昭和四七年二月、やっと病院へ行った。診察した先生は「細胞診をした傷痕があるのでゴツゴツと感じられるんだ。心配なら一ケ月たったらまた来なさい」と言われた。三月、私は再度病院へ行った。診察のとき先生の指が脇のリンパ腺に触れた時、グリツとするものが感じられた。一ケ月前にはなかったのに。先生は私に「午後一時に手術室の前に来なさい。今日そのシコリを取りましょう」と言われた。私は子供達を見て貰っている母に電話でその旨を伝え、午後手術室に行った。局部麻酔で手術が始まった。シコリに糸を付けて引っ張り上げているのか、胸が上に引っ張られている感じがする。なかなかシコリが取れないらしく何かあちこち探しているようだ。先生は「あなた結婚しているの、子供さんはいるの」などと聞いてくる。二時間ぐらいかかっただろうか、ようやく終わった。痛みを我慢する為足をつっぱっていたからか、手術台から降りるとき足がガクガクした。先生は、取ったシコリを二つに切っておられた。小型のハンバーグみたいだった。

その夜、二人の子供の寝顔を見ていると涙がこぼれた。手術中の先生の言葉から私は癌だと思った。それもハンバーグの大きさだ。子供の成長を見届ける事は出来ないだろうと思うと涙が止まらなかった。

検査結果の出る日、私が病院に行こうとしていると、母が「私がいって聞いてくる」と言って出かけて行った。私は癌だと思いつつも不安で子供達の世話も手につかず、庭の草花の手入れなどをして気を紛らわせていると電話が鳴った。癌の告知が、本人には勿論家族にもはっきりされない時代で、母にどのように伝えられたかは分からないが、母は「まだ癌ではないけれど、若いので今のうちに取っておいた方がよい」と言われたと告げた。やはり癌だと思った。母は精一杯言葉を考えて伝えたつもりだろうが癌でなければ取る必要はない。私はそうと分かれば出来るだけ早く手術をしようと思い、当時東大阪市民病院に妹の主人が勤務していたので、電話をして、了解を取ると、八尾市民病院へ検査結果を渡して貰えるかどうか、聞いた。気持ちよく応じて貰えたので、即入院。基本的な検査の後、即手術。病院にも家にも家政婦さんに来てもらうようにした。日曜日には主人と母が子供達を連れて来てくれる。次男が会うたびに成長しているのが良くわかる。順調に回復してぼつぼつ抗がん剤治療という頃、私は気になっていた右乳房のシコリも調べて欲しいといった。最初から両方にあったもので、右の方は小さかった。細胞診の結果、前がん症状との事で、若いので来年手術するのなら今した方がよいと先生から言われた。さすがに私も泣いてしまった。しかし、すぐ気を取り直し、乳房だけが私ではない。他の面で足りないものをカバーしょうと考え、即手術をした。丁度入院五十日、次男の一歳の誕生日の前日六月三日に退院した。

癌のつらいところはそこで終わらないところにある。本当の苦しみは、これからである。家族を含め周囲の人は慰めたり励ましたりしてくれるが、私には川を挟んだ対局にある人の話のように思える。自分と違う世界の人は何とでも言える、と素直には受け取れなかった。

でも、このままでは、ダメだ。どんな癌でも五年生存率は何%かある。
その何%かに入ればいいんだ、との思いが心の中に芽生えてきた。
そう思い込めるまで時間はかかったが、現在迄そう思って生きてきた。

放射線治療

乳癌の手術後、放射線治療をすることになった。東大阪市民病院にはその設備がない為、警察病院へ通う事になった。胸、脇のリンパ、首のリンパと三か所、一か所、三〇回。全部で九〇回だが私の場合は両側なので一五〇回、コバルト六〇の照射を受ける事になった。一週間に一度血液検査をして、白血球が基準を下廻ると一週間休む。私の場合は休む事が多かったので、昭和四七年七月から翌年の三月までかかった。この放射線治療は、私の考えでは、当時からメリットとリスクについての議論があったのではないかと思う。私の友人で、当時他の病院で手術した人は、術後の放射線治療がなかったし、当時以降、転移予防の為の放射線治療など行われていないから。私自身も、照射時間は短いとはいえ、こんなに多くの回数をかける事に疑問を持ち、先生に聞いた事がある。その時先生は「効果がなければやらない」と言われた。

毎日通ううちに、同じ時間帯に集う仲間が出来た。東大阪市民病院の一つ年上のTさん、石切のUさん、桃谷のIさん、羽曳野のNさんの五人で、五年間たって皆んな元気だったら道頓堀の「すし半」でお祝いをしようと約束した。治療が終わる頃、コバルトによる肺炎でUさんが入院された。私は入院こそしなかったが、やはり肺炎になり抗生剤のお世話になった。

二年後、桃谷のIさんが再発で入院されたと耳に入ってきた。私は丁度、警察病院に検診に行く事があったので、石切のUさんと二人で病室にIさんを見舞った。Iさんは私達の顔を見るなり、ベッドの上でくるっと背を向けてしまい一言も発しない。私達も声のかけようもなく、お見舞いの品をそっと置いて帰るより仕方がなかった。羽曳野のNさんも三年目に骨に転移して亡くなられてしまった。Nさんも私と同じく両側で一五〇回も放射線治療を受けたと言うのに何の予防にもならなかったではないかと不満に思う。と同時に、もしかして自分もと不安にもなる。

春、桜の花を見ると、来年この花を見る事が出来るのだろうかと思ったり、長男の小学校の入学式に行っても、私にとって最初で最後の入学式ではないかと感傷的になったりした。

一番辛かった時期であった。

放射線治療の後遺症

私が聖マリアンナ病院で一回目の手術をした翌年（平成元年）の年明けの寒い日、五人組の一人、生野のTさんから電話があり、仕事帰りに行くから胸を見て欲しいと言って来られ、その夜、彼女は私の家に来られた。彼女の胸には私のアセモと同じものがあった。私の話を聞いた彼女はすぐに大阪のK病院を受診し、乳房再建手術による皮膚を替える手術を受ける事を決心したようだった。ただし彼女は左だけなので二度の入院でよいらしかった。ところが、十日程たったある日、電話があり「大変なことになった。菌が入り、胸全体が赤く腫れている。どうしょう」と泣き声である。「早く病院へ行ったら」と私。

彼女は翌日、入院、手術が終わって落ち着いた頃、お見舞いに行くと、肋骨を二本取らねばならなかったとかで傷を見せてもらったが、乳房再建とは程遠いものだった。その後左手がうごかなくなり、勤めを辞めてしまった。

同じ頃、石切のUさんから電話があり、「息子の家へ引っ越すので、石切さんへお参りに来たら寄って」との事。当時私にはお参りの予定はなかったが、Uさん宅へ出向いた。そして私の手術のこと、Tさんの手術のことなどを話すと、「実は私も胸がひどい事になっているねんけど、もう年だから、手術はせんとこと思っている」との話で、胸を見せて下さった。私はそのひどさに息をのんだ。放射線をあてたところに大きな潰瘍が出来ている。皮膚がんと口まで出かけたが、言葉を飲み込んだ。「病院に行ってるの」と聞くと、「行ってない、行ったら手術を勧められると思うので、もう手術はしたくないの」と。「引っ越したら住所教えてね」と言って別れたが、その後一度も便りがない。あの時彼女は私に別れを告げたのだと思った。

平成一三年の春、Tさんから電話があり、「一度会わない」と。「では、上六でお食事でも」と言う事になり上六で会った。彼女は、左手をスカーフで首から吊って、右手で杖をついていた。

思いがけない姿に「どうしたの」と私。「左手が重いのでバランスが悪いのよ。杖をつかないと歩けないの」とTさん。二人とも、私は母を前年見送ったし、彼女も姑さんを介護の末見送った後だったので、そんな話や子供達の事、趣味の話など時間のたつのも忘れて話した。「又、お会いしましょう」と言って別れたが、昨年から年賀状も来なくなってしまった。五人組で残っているのは、私一人になってしまったようだ。

それにしても私は両側で放射線もお二人より多くかけているのに、アセモのようなできものが出来てから手術するまで一年近く消毒だけで過ごしていたのに菌も入らず、手術も直前に日本で一番の先生を知り手術をしていただく事が出来て、ほんとうに運が良かったと思う。

聖マリアンナ病院

「姉ちゃん、うちの患者さんにあけぼの会（乳癌をした人の会）に入っている人がいはるねんけど、話きいてみる」と歯科医に嫁いだ妹の信子が言った。私は即座に「是非聞きたいわ」

昭和六二年の暮れの事である。それより一年程前、私は自分の胸にアセモのようなものを見つけ警察病院で診てもらったところ、肋骨の軟骨が骨化して皮膚をやぶって出て来ているといわれた。乳癌の手術で胸筋を取っているので赤く焼けた皮膚の下は肋骨になる。そのアセモの先が下着にスレて取れると小さな穴が空いたようになる。そこから菌が入ると大変な事になるため、入浴後は毎日消毒をしていた。そのうち数が増えて六つぐらいあっただろうか。

結局、乳房再建手術をする事によって、胸の皮膚を全部取り替える事になっていた。当時警察病院の形成外科の先生は若い方で不安を持っていたので、話を聞いてみたかった。その次の歯の治療後、妹宅の二階で話を聞いた。彼女の話では「現在、乳房再建手術で一番なのはアメリカで勉強して帰って来られた聖マリアンナ病院の酒井先生よ」と言われた。

翌日、私はすぐに聖マリアンナ病院へ電話をかけて、酒井先生に診ていただけるかを訪ねた。係りの方は木曜日の午前十一時迄に来て下さいと言われた。知らない土地で行った事もない病院で不安はあったが、朝の一番電車で八尾の家を出て、新幹線、小田急線、バスと教えられた通りに乗り継いで聖マリアンナ病院に着いた。酒井先生は四〇代の色白で長身の方で、にこやかに診察してくださった。先ず一月（昭和六三年）に検査入院、二月に一回目の手術、六ケ月以上あけて二回目の手術、又六ケ月以上あけて三回目の手術と、説明された。手術をしなければ細菌に犯されるか、皮膚がんになる事もあるといわれた。乳癌の手術から一六年経ってはいるが、五三歳で死ぬわけにもいかない。辛いけれど、手術を受ける事に決めた。

昭和六三年一月一八日、検査入院、入院して驚いた事には乳房再建手術を受ける女性は、北海道から九州まで全国から集まって来ていた。又、先生方も新潟大学のT先生、熊本大学のO先生など多くの先生方が来られていた。

翌日からバンソウコウのテストから始まり、血管造影までうけた。血管造影の検査は特にしんどかった。

本手術は二月二六日、朝八時に主人がきてくれて、八時三〇分予備麻酔、五〇分手術室へ、エレベーターのところ迄は覚えていたけれども、その後の記憶はなく、気がついたときは何人もの顔が次々と現れては消え、消えては現れて、自分が自分でないような感じで時間を聞くと夜の八時だった。その夜は主人が泊まってくれて心強かった。個室を三日間だけ予約していたので出来たことだろう。四日目に六人部屋に戻った。形成外科の患者さんは入院時は皆元気な人ばかりで、やけどの跡に皮膚移植する人や、交通事故で一応傷は治っているが美しく形成しようとする人等で、手術後二、三日はぐったりしていた人もすぐ元気を取り戻し、毎夜八時頃からお見舞いに貰ったものを持ち寄りパーティーになる。お昼も八階に上がると喫茶室があり、妹や友人がお見舞いに来てくれるとよく利用した。売店や銀行の支店、宿泊施設も敷地内にあり、便利な病院だった。三月末に退院する予定だった私は退院前のある日、発熱と体のだるさで倒れてしまい、急性肝炎と診断された。長時間の麻酔やストレスが体に負担をかけたようだ。筋肉を動かす事はとても体に負担がかかるようで、思ったより入院が長引き四月二七日ようやく退院、大磯の妹宅で二、三日休養させてもらって、家に帰った。

※　酒井先生を実名で書きましたのは、一昨年の週刊誌に「神の手」で公表されていたので、いいかなと思ったからです。

幸運

私は平成十六年冬、口の渇きと咳がよく出るのでかかりつけ医に行った。先生は呼吸器のことならと信頼しておられた貴島病院を紹介された。診察結果は放射線による「気管支拡張症」とのことで

「この病気は治らない、肺炎を起こさないで五年かな」と言われた。セカンドオピニオンで他の病院も受診したが結果は同じだった。

昭和四十七年頃、一部の病院で乳がんの術後に再発予防の為に放射線治療が行なわれていた。殆どの病院ではやっていなかったことを考えると、人体実験だったのではと思う。当時の私には知る由もなく、言われるままに百五十回もの放射線治療を受けたのだ。再発予防の為と言われていたが、仲良くしていた人のうち二人が三年間に再発して亡くなった。

呼吸というのは寝ても覚めてもの事なので、本当につらい冬だった。暖かくなると少しずつ楽になり、五月ごろから夏は外出も出来るようになった。秋になって私は又辛い冬を迎え

るのは嫌だと思い、冬も暖かいところで過ごせばと考えて、沖縄行きを思いついた。二泊三日の安い沖縄パック旅行で主人と二人で那覇空港行きの飛行機に乗った。飛行機を降りると暖かい空気がフワッと体を包んだ。途端に呼吸が楽になり、もうここしかないと思った。空港からタクシーで、初めて見る沖縄は思ったより都会でヤシの並木が南国を感じさせた。呼吸器科のある病院の近くと言えば那覇市内で、何ケ所かの物件を見て周り安謝にあるウイクリーマンションの一室を借りることにした。

それから三年間、冬場十二月から三月まで、私の沖縄一人暮らしが始まった。観光旅行でも行ったことのない沖縄、すべてが新鮮でスーパーの野菜も珍しく、バナナの花をみて驚いたり、淋しいよりも自由と好奇心で四ヶ月はあっという間に過ぎた。二年目は、余裕が出てきて、主人と石垣島や西表島へ出かけたり、妹たちと首里城や玉泉洞などへも行った。なかでもひめゆりの塔や旧陸軍司令部壕跡などの見学は、心に刺さるものがあった。太平洋戦争末期、私達本土の人間は沖縄の人々の犠牲の上に生き延びたのだと思った。そして今も毎日空を飛ぶ米軍機の下、危険と隣り合せで暮らしている沖縄の人のことを忘れてはいけないのではと思った。三年目に沖縄へ行ったとき、右手の痺れが始まっていて鍼灸院へ通った。その先生が三月末に私が帰る時

「細井さん、奈良だったら、よい先生がおられるよ」と、言って、学園前の先生の住所と電話番号を教えて下さった。

その年の夏も過ぎ又秋を迎えるころ、私は迷いながらも学園前の先生を訪ねた。最初は週三回、一ヶ月もすると、寒くなりつつあるのに呼吸が楽でふらつきもなく鍼が効いている事がよく分かった。まるで昨年までの息苦しさが嘘のように感じた。現在も週一回通っているが、五年といわれた余命も、もうとっくにクリアし旅行にも行ける自分を幸運と言う外はない。

最初の沖縄生活

平成一七年十二月一日、主人と私は私の病気療養の為沖縄へ出発した。昼頃那覇空港につきタクシーで二十分、安謝のウイクリーマンションに着いた。五八号線に面した九階建てのマンションの七階の一室が、これから四ヶ月間一人で暮らす私の城だ。部屋のベランダからは右手に海が見え、左手には新都心のビル群が見え、バス停にも近く、二四時間営業のマックスバリューも歩いて三分のところにある便利なところにあった。荷物を片付けると、マックスバリューへ買い物に行った。めずらしい野菜や果物、すべてが安く、私は、多くのものを買い込んだ。翌日の午前中にはこれからお世話になるI病院へ行った。一通りの検査を受け、インフルエンザの予防接種もした。病院は狭くて汚いが、先生も看護師さんも親切で優しい。午後はサンエーという沖縄で唯一のデパートへ雑貨を買いに行き、帰りにベスト電気でドライヤーを買った。汗を拭きながらジングルベルを聞くのも初めての経験だった。

四日に主人を空港まで送って行ってバスで帰って部屋に入ったとたん見知らぬ土地で一人

きり、寂しさがこみあげてきて、今頃この上を飛んでいるかも知れない主人の事を思い病気が憎らしくなった。一人になった私にいくつかのカルチャーショックが待ち受けていた。先ず水道の水が飲めない事、当日の日経新聞が翌日の夕方にしか配達されない事、毎日飛行機の爆音が聞こえること、風が強く折りたたみ傘が使えない事などなど、いろいろあった。また、冷蔵庫の野菜類も四日程でダメになり最初に買った野菜は半分ほど捨ててしまった。多分、気温が高いだけでなく、湿度も高いからだと思う。

十二月末、主人がお正月を一緒に過ごすためやって来た。一日をタクシーで「知ら海水族館」と「自然動植物園」に行った。「知ら海水族館」は思ったより人が多くあの大水槽はやはり圧巻だった。「自然動植物園」は人が少なく生憎の雨で動物や鳥たちも雨宿りをしていたが、人に害を与えない動物や鳥たちはすべて放し飼いで、中でも「緋色サギ」の群れは美しく、孫たちに見せてやりたいと思った。沖縄での初めてのお正月、鏡餅と千両の花を買い下駄箱の上に飾った。おせちはどこにも売ってない。代わりに数種類のオードブルが並んでいる。よく見ると隅の方に箱に入った冷凍のおせちがある。東京から送ってきたものだ。平成十八年のお正月は冷凍のおせちと白みそのお雑煮で二人だけのお祝いをした。

午後にお隣りさんの又吉さんからイナムルチーと言う沖縄のお雑煮を頂いた。

豚肉、しいたけ、こんにゃく、かまぼこが千切りにして入っているお汁でおいしかった。

帰りたくなさそうな主人が帰っていった日、七〇五号室に北海道から浜崎さんご夫婦が来られた。聞くとご主人がアスベスト肺でやはり暖かいところで冬を過ごそうと来られたようだ。又、そのお隣りにも横浜から「肺気腫」の方がご家族で来られて、七階も賑やかになった。

二月に入ると沖縄は活気づく。先ずプロ野球のキャンプがはじまる。そしてさくらが咲く。あちこちで花祭りが始まる。世界洋蘭博も蘭園で行われる。私は濱崎さんご夫妻とバスツアーで洋ラン博を見に行った。沖縄のさくらは「かんひさくら」とも「ひかんさくら」とも呼ばれ、濃いピンクで椿のようにひと花ずつ落ちる。一月末からさきはじめ二月中頃には散ってしまう。その頃には妹たち夫婦、次男家族など、見舞いと観光を兼ねて次々と来てくれて、アッという間に日が過ぎた。

沖縄国際洋蘭博覧会にて

私は、三月下旬に帰るつもりだったが、三月中旬以降は航空券の割引がなく四月になると一気にダウンすることを知り四月一日に帰ることにした。家に帰って手と口を洗うと水道の水がとても冷たく感じた。

沖縄楽しや

平成十八年十二月四日、主人と私は二度目の沖縄療養生活のため那覇空港へ降り立った。ウイクリーマンションは丁度同じ部屋が空いていて、事務所の人も隣のMさんも快く迎えて下さった。驚いたことに県庁近くにあったI病院は、新都心の真ん中に名前も地名をとって「おもろまち病院」となって新築されていた。前年はバスで通っていたが、今度は歩いて通える距離にあった。薬は院外処方に変わっていたが、半錠のものは半分に割って一つずつ袋に入れて下さったり、病院でも待合で待っていると、看護師さんが、「あと何人目ですよ」といって来て下さったり、とても親切で本土では考えられないことばかりだった。ホームレスの人は殆ど見かけないが、一度国際通りの端の方で見かけた時、千円札を折って胸のポケットに入れてあげている人がいた。物価は安いし、親切でやさしい人々、高齢者には暮らしやすい所だと思う。

二月に主人が来たとき、石垣島、西表島、竹富島へ行くことにした。先ず那覇空港から石垣島空港へ、予約していたタクシーで島めぐりに出かけた。二〇〇年前の津波で押し上げられた大きなサンゴ礁、ハイビスカスの花が咲き乱れている展望台、海のみえるレストランで昼食の後、グリーンの水の色で有名な川平湾に行った。思わず「わあッ」と声をあげる美しさだ。運転手さんのすすめでグラスボートに乗った。船は二〇分程沖に行ったところで止まった。底を見ると、海へび、カサゴ、青ぶだい、クマノミなど、青、赤、黄色の美しい魚が泳いでいるのが見える。水が透明で海底の砂粒まで手を伸ばせば摑めそうな感じがする。さすが川平湾と思った。

二日目、船で石垣港発、西表島大原港へ四〇分ほどで着いた。大原港からバスに乗り由布島へ、水牛車に乗り替え引き潮で三〇センチぐらいの水の中を由布島へ渡る。由布島は周囲二キロの小さな島で、おみやげもの屋さんが一軒あるだけで亜熱帯雨林の中を思い思いに散策した。一時間後水牛車で戻る。午後は小さな船に乗ってマングローブの林の中を仲間川を逆上る。マングローブの林とは、オヒル

川平湾《かびらわん》にて

ギ、メヒルギ、ヤエヤマヒルギ、サキシマスオウ、ハマザクロ、ニツパヤシ等などの木の群生のことで、海水と淡水が混じった場所にしか出来ないものだと言う事を、この時、初めて知った。カンムリワシが河原の石の上に船を恐れる事もなく堂々と立っているのには驚いた。まるで外国へ来たような気がした。

　次の日、竹富島へ、一五分で着いた。バスで島めぐりの水牛車乗り場へ、テレビや本で見たことのある、あの赤瓦の屋根、石を積みあげた低い塀、のどかな風景の中を水牛車にゆられてサンシンの音を聞きながらの観光、よく見ると屋根の上のシーサーも少しずつ違っていておもしろい。やさしい顔のも怒っているようなのもある。又水牛車も若い水牛のは早いが、老齢なのはゆっくりと進む。約一時間で終わる。島で唯一の展望台があると聞き行ってみる。手すりもないコンクリートの階段で一〇メートル程の高さである。上には二人が並んで立てるだけのコンクリートで囲われたスペースがあるだけの粗末なものだ。一人ずつしか登れないので行列

沖縄を楽しむ

が出来ている。私は写真を撮りたくて行列に並んだが、主人は並ばなかった。やっとの思いで登り、数枚四方を写真に撮りあわてて降りた。私達はその日の午後の便で那覇のマンションに帰った。

二年目の沖縄療養生活も無事に終わり三月一七日に家に帰って来た。

沖縄でパソコンを習う

平成一九年一二月一日、主人と私は三度目の冬を過ごす為、那覇空港に降りたった。三年目ともなるともう行きたくないとの気持ちにはなっていたが、体の方は反対に少しずつ悪化していて、十月末頃から外出は難しくなっていた。前年から始まっていた右手のシビレもあって、好きな刺繍も持って行けなかった。以前と同じ部屋に着いて、すぐお隣のMさんに挨拶に行くと、「細井さんパソコン買ったら、私教えてあげるよ」と言われた。私はすぐその気になり、主人と事務所の人と三人で新都心のオリジナルパソコンのお店へ買いに行き、主人が選んでくれたデスクトップのパソコンを買って帰った。一週間程で使えるようになり、お隣のMさんに基本の操作を教えてもらった。初めはこわごわさわっていたが、容易に壊れないことが分かると、大胆になりいろいろ試してみた。

もう一つやりたいと思っていたのが英会話だった。沖縄には米兵が多く居るので、本土よりは安く習えるだろうと思っていたが、三年目にしてやっと念願が叶った。ところが一搬成人は夜の九時からと知って、夜遅くは怖いので六時からの中学生のクラスに入れてもらった。中学生が四人、成人が私ともう一人の男性との六人のクラスだった。先生は四〇歳ぐらいのアメリカ人男性、短い会話文の暗記が主だった。中学生はすぐに覚えられるが我々は憶えられない。しかし、私には時間がたっぷりある。毎日暗記に努力したので、このクラスには十分ついていけた。以前から英語で日記を書きたいと思っていたので、この年は、すべて英語で書く事ができた。

沖縄の食べ物について書いておこうと思う。ご存じのとおり、お肉は豚肉がメインでベーコンや角煮、豚足、ミミガー、内臓の水煮迄なんでもある。一応食べたが内臓だけは、どうしても買う気にならなかった。牛肉は石垣牛があるが、高いだけでおいしくない。お魚はすべて安いが身がしまってなくておいしくない。野菜は、ヘチマ、パパイヤ、ハンダマ、苦菜など、本土では見たこともないような物がならんでいる。私は食べ方を聞きながら試してみたが、これもあまりおいしいとは思わなかった。私がおいしいと思ったのは、海ぶどう、アオサ、ゴーヤ等だ。ゴーヤは本土のものよりアクが強く、食べ続けると口の中が荒れてくる。果物は島バナナがおいしい。その他、たんかん、マテモヤ、スターフルーツ、ドラゴンフルーツ等珍しい物がある。果物は何でも好きなので卸売市場まで二キロほど歩いてよく買いに行った。

一番おいしかったのは、Mさんに車えびの養殖場に連れて行ってもらった時のお料理だ。生きた車えびをこちらの好みに合わせて食べさせてくれる。勿論、ご飯、お味噌汁、香の物等ついている。安くておいしかった。

三年目も終わりに近づいた頃、やはり体調は少しずつ悪化していて沖縄にいてもふらつく事がしばしばあり、来年はここにこられるだろうかと心配になっていた。その頃手の痺れで通っていた鍼の先生が、「細井さん、奈良だったらよい先生がおられるよ」と言って、紹介して下さったのが今も通っている学園前の先生だ。この先生との出会いがなければ、私は今この世にいなかったかもしれない。人との出会いとは人の寿命まで左右することもあるのだと思う。

Ⅶ　次男の巣立ち

内定からのアルバイト

「僕、大学決まったよ」と、京都産業大学の合格発表の日、次男、隆之は言った。

「えつ、来年、関大うけるのでしょう」

「いや、京産は推薦で合格したら他の大学は受けられへんねん」

「いやアそうだったの、お母さんは京産を推薦で受けて来年関大を受けるものとばかり考えていたわ」

何とものんびりした親である。中学生のころから関大、関大と言っていた息子が、どうしてと思いつつも、コツコツ勉強するのが苦手で、大卒の肩書だけは欲しい次男らしい選択だったのだろう。そんな事を考えながら夕食を作っていると、胃が痛くなってきた。夕食を食べる事も出来ず胃の痛みは増すばかりで、会社から帰ってきた夫に頼んで八尾徳洲会病院へ連れて行ってもらった。外来で点滴注射を受けて、真夜中に車で迎えに来てもらって家にかえった。

京都産業大学は八尾からの通学は難しい。下宿先を探しに主人と三人で京都にいった。不動産屋さんに先ず紹介されたのは今出川通りを少し入った静かな住宅街に建つ新築の1DK、息子は即「ここにする」と言った。京都は大学が多い為、とにかく高い。家賃、光熱費、公益費で四万円を超える。私は息子に下宿をさせる条件として、文系だから三年で単位をとり四年生になったら家から通う事、月七万円しか出せない事を言い渡していた。住むところに四万円余りをかけると、食事代は一日千円もない。「後は、アルバイトでやりなさい」と言って送り出した。親も子もサバサバしたものだった。次男には、小さい時から何か放っておいてもやっていくだろうという雰囲気があった。最初は京都だからときどき見に行くつもりだったが結局一度息子が熱を出したときおかゆを炊きにいっただけだった。

一年が経ったころ、息子から

「おかあさん、四月から家賃が三千円上がるねん、どうしょう」と言ってきた。

「じゃー、三千円安いところへ移るか、三千円アルバイトで余計に稼ぐか、三千円食べるものをケチるか、三つに一つや、自分で決めなさい」と、私は言った。

三千円は出せない金額ではない。でもお金は魔物、一度出せば次々出すお金が増えていく。

お金と親のありがた味を分からせる為に厳しい事を言ったつもりだ。しばらくして、随分北の方へ引っ越すことにした、と電話があった。アルバイトはスーパーの店員や、夜のガソリンスタンドの店員等頑張っていたようだ。

約束通り三年で下宿を引き払って、四年目は家から通うようになった。ぼつぼつ就職試験が始まる。我が家には継ぐべき家業もなく、好きな仕事で一生過ごせたら幸せだろうと思い私は「会社四季報」を渡し、

「これを見て好きなところへ行き」と、言った。

当時、洋服の青山、青山商事は景気がよく一二〇〇人採用するという。息子は青山商事、アオキ、丸紅の三社を受けていた。どこも一次は受かり、青山は面接ばかりで一番早く内定を貰った。すると他の二社はあっさり断ってしまった。

「アオキは同業だが丸紅は商社だから断らずに内定をもらってから考えればいいのに」と、言ったが、

「行くところは一つだから」と、言う。

内定後のある秋の日、突然電話があり、

「部屋を借りたから、布団とテレビを至急持ってきて」と言う。京都の東大路通りに面したところに開店間近の青山商事の店を見つけたので、そこでアルバイトをする為だった。主人と私は急いで言われた住所のところへ布団とテレビと小さな食器棚と一揃えの食器を車に積んで行った。トイレも洗面所も共同で小さな窓が一つあるだけの四畳半一間、可哀そうな気もしたが、しばらくの間だろう、と、置いて帰った。青山の人事部では最初反対されたようだが、(以前、そのような人がおり、アルバイトの過酷さに嫌気がさし、採用を断ったらしい)息子はねばって認めて貰ったようだ。彼曰く、

「開店前の店は忙しく、朝四時に帰って八時に出勤するようにいわれた。でも一二〇〇人の中で目立った成績を上げるにはそのぐらいの事をせんとあかんやろ」と。

結局、卒業までそこでアルバイトをしながら学校へ通って家に帰って来た。

青山商事に就職して

息子（次男隆之）が最初に配属されたところは、青山商事八尾支店だった。店長含め四人の店へ、三人の新入社員が入り七人になった。息子は京都でのアルバイトのお蔭で、接客や売り方が分かっていたのと、夕食後に京都の大学の後輩や友達に会社からスーツを借りて売りに行っていたので、入社早々から七人中売り上げが三位だったと喜んでいた。四月末、初めてのお給料を貰ってきた。夕食後、後片づけをしている私に、食卓の上に給料袋をおいて、「僕が給料をいただけるまで育ててくれたのは、お父さん、お母さんのお蔭です。二人で旅行にでも行って下さい」と、言った。私は一瞬、胸が熱くなり、涙があふれてきた。「そう、ありがとう、お父さんと相談して、志摩へでも行かせて貰うわ」と、泣き笑いの声で言った。幼い頃から厳しく育てた子がここまでよく育ってくれた、という思いと、普通なら照れくさくて言えない言葉をシャーシャーと言う息子に笑いがこみあげてきたからだ。

翌日、近畿日本ツーリストへ行って志摩で一泊し、スペイン村と津に住んでおられる主人の姉夫婦を訪ねる計画を立て、七万円を請求した。息子は「服屋に勤めて服も買わんといかんし、お昼も食べなあかんから五万円にしといて」と、言った。
「そうやなア、悪かったな」と、五万円を貰って夫婦で一泊旅行に出かけた。息子はまさか、本当に旅行に行くとは思っていなかったのかも知れない。

翌月の給料日には、又、「おばあちゃんをどこかへ連れって行ってあげて」と、給料袋を差し出した。母は足が悪く私一人では少し心配だったので、考えた末、三本松の菖蒲園へ息子の車で連れて行って貰うように頼んだ。勿論私も一諸に。

よく晴れた日、息子の運転する車で三本松へ出かけた。母は助手席、私は後部座席、母は自分より先に私達夫婦が旅行に行ったことに腹を立て、私がついて行くことにヘソを曲げていて、終始無言だった。だが車の乗り降りや坂道の歩行に二人の手が必要な事が多く、菖蒲を始め、テッセンやバラなどの花の美しさに心も和み、帰りには機嫌もよくなっていた。

翌年青山商事が、カジュアル商品を扱う店「キャラジャ」をたちあげ、希望者を募った。息子は

「早く店長になって、可愛い子をアルバイトに採用したいねん」と、言ってさっさとキャラジャに移ってしまった。場所も和歌山の橋本支店、又、家を出て行ってしまった。

その後、二五歳で岐阜支店の店長になり、二六歳で姫路へ転勤と同時に、橋本で知り合った彼女と結婚、新婚生活をスタートさせた。翌年、長男、雅楽朗が生まれ、次の年、長女音咲がうまれた。

先方のおかあさんが、亡くなられていらっしゃらないので、嫁の千明さんが入院中と産後二週間程の間、雅楽朗を引き取ることにした。私の母は入院中で孫を連れて病院に行けないので、近くの方に病院通いをお願いした。六十代での孫育ては大変で、二週間程でヘトヘトになってしまった。息子はそれでも一ケ月に一度、母や私達にひ孫や孫を会わせる為に姫路から来てくれていた。母は毎月その日を心待ちにしていた。そのような時でも店の売り上げが気になるようで、電話で売り上げが目標より少ないときは、社員の車をお客様の駐車場に移すよう指示したり、売れ残り品を出さない方法を私達に熱く語ったりしていた。物を売るには人の目線の動きや、人の心理等常に考えて行動せねばいけないのだなアと思った。

子供服店開業

平成十二年八月初め、姫路に住む息子から電話があった。

「おかあさん、僕会社やめたで」

「えッ、どうして、二人の子供もいるのに、これからどうするの」

「………」

「社宅だから、そこ出ないといけないやろ」

「うん、今月中に出んとあかんねん」

「じゃあ、うちへおいで、おばあちゃんの部屋も空いてるし、(この年の四月に母はなくなっていた) 荷物もみんな入ると思うよ」

少々の事には驚かない私だが、この時ばかりは何の相談もなく突然の事で、びっくりした。まもなく一家が引っ越してきてにぎやかになった。荷物は一階の母が使っていた部屋に入れて、二階の私たちが使っていた部屋を空けて、親子四人が暮らすことになった。落ち着くとすぐに息子は、和風の子供服の店をやりたいと言い出した。資金もないし、コネもない。息子にはやりたい店の形態が頭の中にあるらしく、熱っぽく私達に話す。分からない事はないが、親としてはやはり不安で反対せざるを得ない。嫁の千明さんは、上場企業の会社に勤める人と結婚したのにと、嘆く。

息子は中学一年の時、それまで誕生日ごとに買ってもらって大切に机の上に飾っていた新幹線の模型を友達に一両二千円で売っていたので、「なぜ大切にしていたものを売るの」と聞くと「来年になったら誰も買ってくれへんやろ」と言ったことがあった。その時、この子はさきを読む力がある、と感心した。

人生は一度しかない、この機会をのがしたら息子は一生後悔するかもしれない、と、思うようになった。

主人は、最後まで反対だったが、一度だけチャンスをあたえてやろうよと、説得した。

そうと決まると息子は国民金融公庫で八五〇万円を借り、東京、京都、神戸などの子供服の店を見に行ったり、出店出来る場所を探しにいったりしていた。そして、大津パルコの三階にある子供服屋さんが閉店されるのを聞き、そこに決めた。主人と一緒に下見に行った時、人もまばらで、隣りはミキハウス、前は有名な子供服の店、果たしてやっていけるのかしら、と、思った。
平成十三年三月一日開店と決まり、二月末、大津の賃貸マンションへ引っ越した。子供を保育所へ預けようと大津市役所へいったが、どちらももう締め切ったあとで預けられず、私が孫たちの面倒を泊まり込んでみた。三月十三日、私の六六歳の誕生日は、忘れられない日になった。夫婦で店からの帰りに、バースデーケーキをかってきてくれたのだ。思わず涙が出た。食事はご飯の上に目玉焼き卵をのせ、のりをふってお醬油をかけただけのものを昼も夜もいただく、借金だけがあり、売り上げがない日もある生活である。そのうち息子が子供たちを連れて市役所に行き、預けないと生活が出来ないと頼み込み、保育所に入れてもらえるようになり、私は家に帰った。帰る時、孫に
「今度おばあちゃん来る時、何を持ってこようかなア」と聞くと、
「バナナと納豆」と、雅楽朗がいう。五月の連休に保育所が休みなので、私の出番、孫たちの子守に行く。五日の子供の日、粗末な食事の明け暮れ、かわいそうに思い孫たちに
「廻るお寿司食べに行こうか」と、言うと
「おばあちゃん、お金ある」と、三歳の雅楽朗が私を見上げる。いつも買って欲しいものがあってもお金がないからと、辛抱させられていたのだな、と、心が痛む。

「あるある」と、言って四人で出かけた。仕事が軌道に乗るまでとの約束で家賃だけは振り込んでやっていたが、生活費を置いて帰ることはなかった。

手書きTシャツの開発

平成一三年三月一日、大津パルコ三階に子供服の店をオープンさせた息子は、私に和風のスタイ（よだれかけ）を作って欲しいと言ってきた。自信はなかったがミシンを買い替え、心斎橋の「とらや」で和風の布を買い、息子から送られてきた型紙で布を断ち、二枚合わせて周囲をパイピングして何とか仕上げた。一〇枚程出来ると息子のところへ送った。一年程で仕入れ先が見つかったと断ってきたが、今度はTシャツに絵を描いてくれる人がいないかと言ってきた。心あたりの人に当たってみたが、趣味で描いているだけ、と断わられた。そのうち息子が、自分で絵を描いて背中に名前を入れて売り始めた。出産祝いなどにうけて、一人では描き切れなくなり、嫁の千明さんや私のところまで頼んで来るようになった。私は母の俳画をお手本にして、何枚か紙に描いて送る。息子がOKを出したのだけTシャツに描いた。それもすぐに本格的に絵を描く人をみつけてその方に頼むようになり、私は解放された。

平成一五年九月、二店目を改装した京町屋で出店するという事で主人と見に行った。堀川通りを北へ上がり堀川北大路の交差点を超えたところの京町屋、どこにも商店などない。こんな場所で、うまくいくのかしらと思ったが、息子は自信満々。二店目「音」をオープンした。この翌年から毎年、甲子園店、神戸元町店、「音」葛川店、二条城店、キュウズモール店、南草津店と次々とオープンした。その中でも三店目の甲子園店と四店目の神戸元町店には青山時代の後輩A君とS君が店長として来てくれた。この事実は、二人に感謝すると同時に、そこまで人に信頼されるようになった息子を誇りに思う。

私は、息子に出店をこれ以上増やさず、家を買うようにすすめた。「なんで」と、聞く息子に私は言った。

「何かあった時に家を売れば人様に迷惑をかけなくてすむでしょう」と、重ねて言った。「不動産を買う時には常に売る時を考えて買いなさい」と。

まもなく、大津の膳所に中古の家を買い、山科に絵を描く方を一同に集まってもらう為の工房も買った。

マスコミにも注目されて、平成二十年九月十五日、日経流通新聞の一面に載ったのを皮切りに、「クラシズム」という本に載せてもらったり、平成二十一年二月一二日の大阪テレビの夕方五時からのニューズビズに出演、不況の中でも売り上げを伸ばしている企業として紹介された。この時は直前になって息子から知らされたのでビデオをセットする間もなかった。続いて二八日、朝日放送週末エクスプローラという三〇分番組で、俳優の西村和彦さんの訪問という形で、「音葛川店」と手書きTシャツの工房を紹介された。終わったとたん、妹達からメール、小学生時代の先生を始め、友人、従弟等から電話があり、テレビの影響の大きさを知った。前もって知らせていたのは妹達だけだったのに。

ある時、息子の家を訪ねると、Tシャツに上手に一匹の虎の

次男の店

絵が描いてあった。

「これいいじゃない、あなたが描いたの」と聞くと、息子に代わって千明さんが
「主人は、ジャイアンツファンなので、虎の絵は描かないと言っているのです」と、言った。

「何言っているのよ。関西で虎の絵を描かないのは、みすみす大きな魚を逃がしているようなものよ」と、私は言った。

その後、まもなく虎の絵を描くようになり、テレビ放映の時も虎の絵をかいていた。

又、毎年十二月十九日の孫の誕生日を一緒に祝う事になっていて、(お正月に会えないため)以前は我が家に一家が来ていたが、最近は孫が大きくなり部活等の都合で、我々が大津へ出かけていく。孫達にお年玉と誕生日祝いをあげる。息子は私達にお年玉をくれて、ホテルを用意してくれる。平成二四年の暮れ別れ際に最後までとっておいた息子名義の定期預金を振り込んでやろうと思い、振込先を聞いたところ、

「おとうさん、おかあさんで好きなように使っておいて」と、言う。

数日後、私は主人と一緒に銀行に行き定期預金を解約し、そのまま泉州池田銀行で外貨(ドル)に両替した。その旨を息子に伝えると年明けに受け取りに来た。私は息子に言った。

「このドルは、八五円のドルよ。一〇〇〇兆円も借金のある我が国が、デフォルトになった

時銀行は皆閉鎖されるのよ。五〇人もの人を使っている経営者としてはこれくらいのドルは必要だと思うよ。もし何事もなければ海外旅行でも楽しみなさい」。

小企業であっても、経営者である以上、常に一歩先の世の中の動きを見る目を持ってこれからも歩んで行って欲しいと願っている。

Ⅷ　母との別れ

母の発作

それは、突然の事であった。私はその日（平成十二年四月十二日）、介護保険制度が出来て初めて我が家へきて下さるヘルパーさんに母を託して、大阪本町の区役所内にある刺繍教室へ出かけていた。二時頃、区役所の職員さんが部屋に来られ

「細井さん、おられますか、おられましたらこちらへ電話して下さい」と言って、紙切れを渡された。私は、その紙切れを持って階段の踊り場にある公衆電話に走った。よほどあわてていたのだろう、財布もテレホンカードも持っていない事に気づいて部屋に引き返すと、先生がテレホンカードを差し出して

「これを使いなさい」と言われた。

「ありがとうございます」と、言うなり電話機のもとへ走った。電話番号は近所の民生委員の方宅の番号で、かけたが出られない。家へかけると、その方が出られて、母が今しがた救急車で病院へ搬送されたこと、自分は福祉の方からの要請で我が家にきていると告げられた。

私はすぐに帰ることにした。丁度、上本町の駅でやはり驚いて帰って来た主人とバッタリ会い、一緒に電車に乗った。覚えているだけの電話番号を主人に伝え、主人は自分の携帯電話で次々と電話していった。(私はまだ携帯電話を持っていなかった) その間にも、警察や病院から電話があり、「あと何分で来られますか」には電車の中を走りたい気分だった。関屋で降り、タクシーで病院へ急いだが、着いたときには、もう母は息を引き取った後だった。顔はきれいでまだ温かく派手な浴衣を着せられて、ストレチャーに横たわっていた。死因は心筋梗塞、病院に着いたときにはかすかに脈があったので心臓マッサージを三〇分続けましたがと，先生はおっしゃった。すぐ、警察の人に呼ばれ部屋の片隅で事情聴収された。ヘルパーさんが一人の時だったのでと思ったが、事情を話すとすぐ病死と分かってもらえた。そのうち妹と義弟がかけつけてくれて、病院に入っている葬儀社の車で家へ帰った。車中で手配をしたのだろう、家の門の前には男性が何人もいて、部屋へ入るなり、バタバタと母のベッドなどを片づけ始めた。私は、「少し待って下さい」と言って、自治会の会長さんに電話をして、自治会での決まり事がない事を確かめ、乗りかかった船とばかり、主人とも相談の上、この葬儀社にすることに決めた。母の葬儀は家で(母が望んでいた) 二間を使って菊で埋め尽くしてと言うと、このプランには生演奏がついていますと言う。ではそれで、とお願いした。生前、いつも主人の事を甲斐生なしのように妹や親せきに言っていることを知っていたので、意地でもお葬式は派手にしてやろうとつねづね思っていた。でも居間のこたつの上に母の入れ歯と食べていただろうと思われるチチボーロや台所の流しにお昼食べた食器がそのまま置いてあるのを見た時には、涙がこぼれた。そして、母が発作を起こした時、「ああ、敏子がいない」と思っただろうと思うと「申しわけない事をした」と言う思いと反対に「苦しんでいる母の顔を見なくて良かった」という思いが、同時に襲ってきた。又、初めて来た家で、母の最期に立ち会うハメになったヘルパーさんに大きな心の傷を負わせてしまって、何と言ってわびればいいのかと、思った。

夜になり、妹達夫婦、甥や姪、親せきの人々が大勢来てくれた時、妹が「お母さんも、これだけのお葬式だったら、文句もいわんやろ」と、言ったのを聞きよかったと思った。

一週間後、当日の事を、民生委員さんとヘルパーさんが家に来て話して下さった。ヘルパーさんは開口一番、もっと早く気づいたらとか、当日の行動について詫びられた。私は、「誰がいても同じです。私の方こそあなたの心に傷を負わせてしまって申し訳ない事になったと思っています」と、言った。彼女は、「その言葉を聞いてホッとしました」と言った。

一時に以前から来て頂いていた「ハートフルかしば」の方とヘルパーさんとが、我が家に来て三十分ほど母と話をして引き継ぎをして帰られ、ヘルパーさんが一部屋を掃除して、次の部屋のコンセントの場所を聞きに居間に入ったら、母が背中を抑えてうつむいていたらしい。痛くて声が出ないと言う顔だったので、すぐに救急車を呼んだそうだ。次に福祉に電話すると、電話機の側に貼ってある電話番号を上から言うように言われ、全部伝えたとの事、それで民生委員さんや主人の勤め先私のお稽古場に電話があったのだった。

母は、七〇歳代に腹部動脈瘤と足の動脈瘤を手術し、八〇代になり、心臓動脈瘤が見つかり、高齢の為、手術が出来ないと言われ、それ以来、私は昼も夜も大きなストレスを抱かえる事になった。そんな事で、母の突然死は覚悟していたし、ストレスから解放されてホッとしたというのが本音である。

看病生活

人はみな、いずれあの世へ逝く。あの世とはどのようなところか知りたいが逝って帰って来た人がないから聞く事ができない。母が逝きかけて帰って来たときの話を書こうと思う。

母はもともと元気で膝関節症で通院していたが、大した病気もせず暮らしていた。ところが七五歳になった頃、足が痛くて歩けないと言って、日赤（大阪赤十字病院）で診てもらったところ、足に動脈瘤があるため手術をしなければいけないと言われた。又、足にあるのなら他にもある可能性があると言われ、調べたところ、腹部動脈瘤も見つかり、腹部を先ず手術して、その後に足をすることに決まった。腹部動脈瘤の手術の時は、もちろん私や家族も行ったし妹達も見舞に来たが、付き添いさん（家政婦さん）をお願いすることが出来た為、ずーと付き添わなくてもよかった。が、十ケ月後、足の手術の頃には、家族以外は付き添いが出来ないことになっていた。

それで、妹達とローテイションを組んで、手術翌日の夜、私と大磯の妹と二人で母に付き添っていた。麻酔の後遺症のせいか幻覚症状が出て、「貴乃花がそこにいる」とかなんとか言ってなかなか寝ない。看護婦さんに言いに行くと、点滴に睡眠剤を入れられて「二十分ぐらいで眠られますよ」と言って出て行かれた。しばらくすると、母はおとなしく眠りはじめた。私は仮眠をとるため仮眠ベッドに横になった。すると眠っている母の喉がゴロゴロとなっている。私は飛び起きて、妹に「少しおかしいんじゃない」と言うと、妹は、ナースステイションへ走って行った。すぐに二人の看護婦さんが来て痰の吸引をした。やれやれ、再び私は、仮眠ベッドに横になった。しばらくすると、又、母の喉がゴロゴロ鳴り出した。妹が、看護婦さんを呼びに行った。今度は当直の医師が一緒にやって来て、部屋に入ってくるなり、私達に廊下に出るように言われて、何がなんやら分からないまま二人は廊下で中の様子を伺っていた。どうやらベッドを起こして母の胃洗浄をやっているらしい。

しばらくするとあわただしく看護婦さんが、「今からＩＣＵに行きます」と告げると母をベッドごと連れて行った。私達は後を追ったが、ＩＣＵの入り口で戸を閉められて部屋へ戻るしかなかった。その後、説明があり、吐いたものが気管に入り誤嚥性肺炎を起こしているとのこと、生死は分からないと言われ、二人とも唖然とした。もう夜中の三時になっていた。突然のことで二人ともしばらくは無言だったが、妹はどうしても今日帰らなといけないと言い、夜が明けるのを待ち、後ろ髪をひかれる思いで帰って行った。私は他の妹達と叔母さん二人に連絡をとり、がらんとした病室でひとり落ち着かない時間を過ごしていた。朝の一〇時頃になって、ようやく、「大丈夫ですよ」と医師から言われ、「よかった」と、気持ちが落ち着いた。直ぐに妹達や叔母さんに電話をし、夕方の面会者の段取りをした。後は病室にいる必要もないので、ひとまず家に帰った。三日程でＩＣＵを出ることが出来、順調に回復し退院することが出来た。後で聞いた話だが、もう三〇分遅かったらダメだったそうだ。

母はその時のことを後に語った。きれいなお花畑にいた。風もなく、暑くも寒くもないよく晴れた空気の中、お父さんの声が聞こえてきた。姿を探すが姿は見えなかった。と。

話はそれだけだったが、私は母に言った。「お父さんの姿を見なかってよかったんじゃない」と。

動脈瘤の手術以後

誤嚥性肺炎から約三年の間は口には出さなかったが、私も妹も母を救命したことに満足していたし、母も喜んでいてくれたと思う。それが大きな苦悩になることも知らずに。

足の動脈瘤を手術してからは母も弱り、関屋に帰ったが、土日には私達夫婦が行って買い物に連れて行ったり、次男が休みの日に行ったりして、同居の準備をしていた。二年目の二月に私達家族は、八尾の久宝園から、香芝の関屋へ引っ越した。翌年、母は以前から患っていた白内障の手術をすることになった。長年かかっていた昭和町の湖崎眼科の先生は手術を日赤で受けるようにと言われ、紹介状を持って日赤へ行った。

手術の日には勿論私は付き添ったが、夕方落ち着いたところで家に帰った。翌日行くと、夜の間、母のベッドをナースステイションの中へ入れて監視されていたと言う。又朝からいろいろの検査を受けたと言う。何かがあったと思ってナースステイションにいくと、いきなり「心臓に動脈瘤があります。それも直径五センチのもので手術が必要ですが、高齢のため厳しいです。もう一方の目の手術はできません。もう少し落ち着いたら退院して下さい」私は、突然のことでめまいがしそうだった。母も心配だったのだろう、チョコチョコ覗きに来ているのが見える。とにかく、母にはこの事実は隠しておこう、と思って病室へ帰った。
「昨晩、血圧が上がったらしい。それで、もう一方の目の手術は、少し間をおいてすると言われた。一度退院して様子をみて又にしましょう」と、母に伝えた。

それからは私は母をおいて出る事は出来なくなった。母の首からブザーをかけて貰って、夜二階で寝ていても駆け付けられるようにした。偶然近くに住んでおられた小学校時代のT先生に母を見て下さる方を紹介して頂くようにおねがいした。先生は同じボランティア仲間のNさんを紹介して下さり、なんとか落ち着く事ができた。

そんなある日、目の手術後の治療に元の湖崎眼科へ母を連れて行った。母は、疑問に思っていたこと、すなわち、何故もう一方の目の手術が出来なかったのかを、先生に聞いた。先生は私が隠していたことのすべてを母に言われた。その日から母は「三年前の誤嚥性肺炎の時に死んでおけばよかった」を繰り返し、繰り返し言うようになった。母の苦しみも分かるが、昼間ひとりになる私も、いつ来るか分からない動脈瘤破裂にどう対応すればよいか緊張で気がおかしくなりそうであった。

ある日、母を見に来て下さるNさんに頼んで外出先から帰った時、母が「気分が悪い」と、言ったので救急車を呼んだことがあった。救急車に乗ったのは初めてだったが、意外と揺れて気分のよいものではない。救急隊の人に母の事を告げると口元へ黒い大きなビニールのごみ袋をもっていかれた。普通吐き気があるとのうばんを受けられるが、動脈が破裂するとそれだけ大量の血液が出るのだな、と知った。その時は吐きもせず、風邪と診断されて主人に迎えに来てもらって帰った。が、それ以来常に手元に黒のビニール袋を置くようにした。

介護保険制度をはじめて使う

その後我が家の状態も母の体調も変化してきた。次男は結婚し、翌年、初孫（雅楽朗、母にとっては初ひ孫）が生まれた。母はウオカーがないと歩けなくなっていた。母の主治医も近くの関屋病院に変えざるを得なくなり、院長先生の日に連れて行っていた。勿論動脈瘤のことも話し、レントゲンで確認された先生も
「立派な動脈瘤がありますな」と、言われ、母のいないときに私に、「破裂したら、一時間も、持ちませんで」と言われた。私は「覚悟しています」と、答えた。そのうち次男から来年二月に次の子が生まれるので、その時には雅楽朗を見て欲しいと言ってきた。先方にはおかあさんが亡くなってもうおられないので仕方のない事である。それで関屋病院の院長先生に私が孫を見る間、母を、入院させてほしいと頼んでいた。

そんな一二月のある日、いつものようにウオカーの母と病院に行くと、レントゲンを撮り

ますと言って、その日撮ったレントゲンと以前のとを比べて見ていた先生が、

「今すぐ入院してください」

「えツ、この病院ですか」

「いや、東朋香芝病院です」

「入院の準備もしていないので、一度帰って準備してからにします」

「いや、このままタクシーをよんで行って下さい」

私は、今にも動脈瘤が破裂しそうなのかと思って、言われるままにタクシーを呼んで行った。東朋香芝病院には連絡してあったので二人部屋だったが、窓側の明るいベッドが用意されていた。


お昼の食事がまだだったので丁度向かいにあるお弁当屋さんでお弁当を買い二人で食べたが、母はすぐ吐いてしまった。無理もない事だと思った。しばらくして落ち着いたところで家に帰り、入院の用意をして病院に行った。その夜、病院から帰った私は大磯の妹に事情を話し、慶応の医学部の大学院に在籍中の甥に来てもらうように頼んだ。翌日来てくれた甥は主治医の先生と話をして、すぐに破裂するような状態でないことを母と私に告げた。二人共やっと安心したが、では何の為の緊急入院だったのか、おそらく、孫を見る間母を入院させ

てくれと頼んだ事が原因だったのではと思った。しかし、今、母を退院させると困るし、出来るだけ母を弱らせないように気を使いながら入院を続けるしかなかった。一日おきに病院に行き、車いすに乗せて一階に降ろし、廊下を母に車いすを押しながら何度も歩かせたり、外に出て歩かせたりした。また、外泊も度々させて貰った。丁度母が外泊して家に帰っている時、次男から電話があり、「今朝、出産の為入院した、夕方、雅楽朗を連れて行く」と。それから、忙しい日々が始まった。

三ケ月で退院した母は足はウオカーで歩けるが、頭の方がやられたようで食べる事が分からなくなり、ご飯を食べたすぐ後にお菓子を食べる事もあり、頂きもののお饅頭を置いておくと一晩に六つもなくなっていた。私が隠すと母を看ていただくために来てもらっていたハアートフル香芝（当時Nさんから変わっていた）の方に頼んで買って来てもらって食べていた。私はその方にも事情を話した。

ある日、私が外出から帰ると、母が、
「敏子、今日なア、ハアートフルの人にお菓子を買って来て貰うように頼んだら、買いに行ってくれはったんやけど、お店が皆んな閉まっていたんやて、そんな事もあるんやなア」と言った。聞いた私は複雑な気持ちだった。ハアートフルの人、上手に言って下さったと、思う反面、そんな事まで分からなくなったのかと、母が哀れに思えて、

「そうやな、そんな日もあるんやな」とあわしておいた。

又、退院後、東邦香芝病院へ連れて行った時、先生に

「娘が、食べ物をくれない」と、訴えた。先生は、

「娘さんはおかあさんの事を思って食べすぎないようにしておられるのですよ」と言われた。自分の思いが受け入れられなかった母は診察室を出ると大きな声で、

「この子は、親に食べ物をくれないのです」と、どなった。廊下にいた人々は一斉に私達の方を見られ、私は

母の米寿祝い（平成12年3月11日）

ほんとうに恥ずかしかった。

このような日々が一年ほど続き、母は太りに太り、平成一二年四月一二日、介護保険制度が出来て初めてヘルパーさんに来て頂いた日に心筋梗塞で亡くなった。

IX

折々の日々

幼い頃の長男

長男好之は小さい頃は問題児であった。三歳の秋、白鳩幼稚園の二年保育に入れようと思い入園試験に連れて行った。先ず受験番号順に呼ばれて部屋に入った。若い先生がおられて、私と息子は一礼して部屋に入り、机の前の椅子に並んで座った。先生は、息子に

「お名前は」

「………」

「お年は」

「………」

「好きな食べ物は」

「………」

ハラハラする私など気にすることもなく何を聞かれても一言も答えない。仕方なく一礼して部屋を出た。次の部屋は園長先生がおられた。また一礼して部屋に入り、先生の前の椅子

に並んで座った。今度も息子は何も答えず、最後に先生が、「これを持ってお帰り下さい」と、一冊の絵本を息子に渡された。するといきなり、その本を園長先生に向けて投げかえした。私は驚いて「何をするの」と、息子を叱り、慌てて本をいただくと、「すみませんでした」と謝り部屋を出た。部屋を出たところで別の先生に再試験を受けて下さい、と言われ、再試験の日時を告げられた。帰り道、息子に「どうして、あんなことをしたの」と聞くと「僕は幼稚園に行きたくないの」と、答えた。

思いもかけない成り行きにどうしたものか、と考えたがやはり再試験を受ける事にした。再試験の日幼稚園に行くと、五、六組の親子が先に来ておられた。また一組ごと別々の部屋に呼ばれて入っていくと、今度はいきなり家族構成をきかれた。母と私達夫婦とこの息子の四人だと答えると

「ああ、おかあさんがおられるのですね」

と先生は意味ありげに言われ、入園を許可された。

息子が小学二年生の時、担任の金井先生に呼び出された。放課後のガランとした教室に先生と向き合って座ると、宿題をやってこないことをはじめ、クラスで一緒に座りたくない人のアンケートを取ると一番多かったとか、いろいろ苦言を言われて最後に、

「お宅は、ご両親様そろっておられますのに」と、言われた。

その頃になると、私も原因が分かりかけていた。

「わかりました、改善するよう努めます」と言って学校を出た。

丁度、その頃、息子がいたずらをして主人が息子を叱ろうとした事があった。すると、いつものように、私の母が出て来て息子をかばい
「この子をたたくのやったらわてたたいて」と、言った。
翌日、主人も出勤し、息子も学校へ行ったあと、
「昨日のようなことは子供の教育上悪いからこれからはやめて」と私から母に言った。すると母はかかりつけの病院へ行くと言って家を出た。いつもお昼頃に帰ってくるのに夕方になっても帰らない。心配になり、妹宅に電話すると、一番遠い大磯の妹のところに行っていることが分かった。妹曰く、

「しばらく、預かっておく」とのこと、やっかいなことになった、と思った。一週間ほど経った頃、大磯の妹と大阪住吉に住んでいる妹がやって来て、母をもっと大事にしてあげて欲しい、と言ってきた。何も分からないくせにと、腸綿の煮えくり返る思いをグッとこらえて、手土産をもたせて帰ってもらった。一ケ月程たって、「謝りに来い」「迎いに来い」と、母が言っていると言ってきたので、子供が小さいので主人に子供を見てもらって、私一人で行こうと思っていると、主人に謝りに来いと言っていると妹から電話が入った。主人の義兄さんに相談すると、義兄さんも付いて行ってあげると言われたので熱海に宿を取って、一家四人と義兄さんの五人で出かけようと決めていると、突然、妹が母を連れて帰って来た。と言っても八尾の我が家ではなく関屋の母の家へである。叔母が気を使ってくれて、自分が母のところへ行く日に私にきたらと言ってくれたので、次男を連れて出かけて行った。しかし、それでは気に入らず、主人は会社の帰りに、私は別の日に、謝りにいって、やっと一件落着である。

母が関屋に家を建てた時、一家で引っ越すつもりでいたが、このようなこともあり、私達四人は八尾の家に残る事になった。

長男が中学生になったある日、小学校二年生の時、呼び出された金井先生に道でばったりあった。先生は私の顔を見るなり

「好之君、随分変わりましたね、朝、私に、先生おはようございます。と、挨拶してくれるんですよ」と嬉しそうに話された。

久宝寺の村から美園小学校へ来られる先生と、家から久宝寺中学へ登校する息子とは毎朝会われるらしい。立ち止まってきちんと挨拶する子はあまりいないらしい。

「そうですか、先生お変わりございませんか」と、言いながら、母との別居がやはり正解だったことを確信した。それにしても、母一人の存在が、私の病気や子供の行動や性格の形成に影響していたことを知り、恐ろしい事だと思った。

現在も尚、甘え癖が残っている長男を見るにつけ、可哀そうなことをしたと後悔している日々である。

土いじりの好きだった長男

長男好之は小さい頃から土いじりが好きで、庭の草花の手入れをする母の後を小さなスコップを持って追っかけていた。中学生になり高校入試を考えねばならなかった時、将来の希望を本人に聞くと、とにかく農学部に入りたいという。本人の成績からしてとても公立の大学は難しいので、家からも近い近畿大学の農学部を目指して附属高校を受験することにした。ママ友の内田さんも近大附属高校を受験するという。三者面談で担任の先生に話すと、専願でも厳しいと言われる。学習塾に入れても辞めてしまう。とにかく勉強するしかない。入試の日が来た。そして合格発表の日、祈るような気持ちで内田さんと一緒に近大付属高校へ行った。すると合格者の中に息子の番号があった。しかも内田君と同じクラス。体の力が急に抜けていくように感じた。その足で中学の先生に報告に行った。

先生は内田君は大丈夫と思っていたが細井君は実は心配していた、と言われた。

入学式にも内田さんと一緒にいったが、なんと五十人ぐらいのクラスで上位八人以内に二人とも入っている事が分かった。息子は二年生で五番、三年生でクラストップになった。いよいよ大学受験、付属高校から上に行くには一応入学試験があるが成績のよい上位三十名は無試験入学ができる。その中でも十五名は入学金免除、息子はその中に入り親孝行をしてくれた。

ようやく念願の近大農学部へ入ることができた。人は皆、目的をもって努力すれば得る事ができるものだと思った。大学四年を卒業すると、次は大学院修士二年、博士課程三年、を卒業した。就職は本人に任せていたが私達親はつくば市にある政府の「稲」の研究機関がよいと思っていたが、なぜか、関西にある園芸会社を選んだ。東京に行ってしまえば現在のような二世帯同居はできなかっただろう。

現在も我が家から車で一時間かけて通っている。

戸塚刺しゅう

戸塚刺しゅうと初めて出会ったのは、三井銀行堂ビル支店にいたころである。なかの良かったTさんに誘われて、同じビル内の一室で刺繡教室があることを知った。初めてその刺繡を見た時、そのステッチの細かさと種類の多さに驚いた。又、色使いの美しさにも感動した。作品は白地の布にいろいろなお魚を刺繡したのれんだった。直ぐに私も入会し、同じ布と糸をそろえて戴き、楽しみに胸をわくわくさせているとき、勝山通支店へ転勤になってしまった。仕事が終わってから堂ビルまで通うわけにも行かず、残念な思いを胸に諦めるしかなかった。

それから数年後、父が亡くなり銀行を退職した私は、以前の堂ビルの先生をたずねて、大阪の難波神社で戸塚刺しゅうの教室が開かれていることを知った。何曜日かは忘れたが、直ぐに難波神社へ出かけて行った。すると、そこには、三つの輪があり、戸塚貞子先生もおられるではないか。勿論、何のコネもない私は一番小さな輪、たなが先生の指導を受けることになった。最初の作品は麻の布に大きな鳥と周りに花をあしらった衝立であった。今でもそのまま持っている。そのうちお稽古場は本町のコスモ本店ビルに移った。何年か後、教師の免許を頂くことになった。たなが先生と一緒に西宮にあった戸塚先生のお宅へ伺った。一階の戸塚きく先生にご挨拶をし、お免状代とお菓子折りを渡し、二階でお稽古中の貞子先生にご挨拶をして帰った。その時頼まれたものは薄手白の麻布に円形のいちごの図案が描かれたテーブルセンターであった。たなが先生の指導のもとで仕上げ、戸塚先生のもとへお返しした。ちなみにその作品は「戸塚刺しゅう七集」に載っている。

その後、私は西宮の戸塚先生のお宅にお稽古に行くようになった。最初の作品二枚折れ屏風の片方をどうにか仕上げた頃、結婚、妊娠となり、辞めざる得なくなった。

十五年後、子供たちも大きくなり、少し余裕が出来たので又刺しゅうを始める事にした。組織も大きく変わり、貞子先生の息子さん達が組織の中心になっていた。先ず指導者は二年間の指導者講習を受けねばならず、月一回の講習に西宮まで通った。又、指導者の上に準師範、師範と、上の階級が出来ていて、上を目指すように言われた。年会費も階級によって変わるようになっていた。

私はその頃から刺しゅうを教え始めた。週二日、二つのグループにわけて教えていた。作品は基礎ざしを最初にしていただいて後は自由にした。糸だけは直ぐに使えるように卸屋さんで箱で買って置いていた。その時に多くの人達と知り合うようになった。

自分のお稽古は以前のままコスモの本社ビルであったが、たなが先生は若くして亡くなられていてI先生に代わっていた。古いお友達は喜んで迎えてくれた。年に一度ぐらい貞子先生の一日講習があり、午前中は色彩の講話、午後は教えていて分からないところや、困ったところを教えてもらえる一対一の指導であった。そこで私は貞子先生のすごさを知った。言葉では伝えにくいが、「地ざし」で布目を数えないで、どこからさしても四隅がぴったりあうのだ。I先生も他の先生方も驚いておられたようだ。おそらく、2の倍数、3の倍数、4の倍数、と考えておられたのだろう。

ここで、戸塚刺しゅうの創始者戸塚きく先生について触れておこう。きく先生は一九〇〇年山口県萩市の生まれで若い頃、結核を患い療養生活中に刺繡をされて、回復後いろいろな刺し方や布目を生かした「地ざし」などを発案された。一九八〇年（昭和五十五年）勲五等宝冠賞を受賞され同時に西宮市民文化賞を頂かれた。温和な方でクリスチャンでもあった。私が乳癌をした時、お見舞いと励ましのお言葉を頂いた。日本全国のみならずハワイや台湾にも教室を持ち、会員は十万人と聞く。きく先生は二〇〇四年一〇四歳で亡くなられた。娘さんの貞子先生が後を継がれて頑張っておられたが、二〇一五年の夏、高島屋の展示会で偶然会い、ご挨拶したのが永遠の別れとなってしまった。

現在は貞子先生の息子さんのお嫁さんが継いでおられるが、色彩感覚が違っているように思う。又、以前からあったが、花などを立体的に刺す技法が多く取り入れられているように思う。これも大変手間のかかることなのだが、戸塚ししゅうのこれからの発展を願う一人である。

刺繍なら一人で出来ることだから年を取っても出来ると思っていたが、まさか右手が悪くなり出来なくなるとは思ってもみなかった。ほんとうに悔しいことである。

突然のテレビ

六月十一日の朝、私と主人の映像が五分ほどテレビに流れた。すると固定電話がなり、私の携帯電話も主人の携帯電話もなりはじめた。中でも、銀行時代の先輩で、その後宝石商に転職された方からの電話には驚いた。もう五十年近く会ってないだろう。彼は職場結婚なので奥さんも知っている。九十一歳になられているがまだ車の運転をされているとか。七月に会おうということになった。

五月二十一日昼過ぎ、私は駅からの道を家へ急いでいた。途中一軒しかない花屋さんの前で奥さんを見かけたので挨拶をしていると、どこからきたのかテレビのロケ隊が目の前にいた。すると花屋さんが私をさして

「この人は細井さんと言ってすぐそこのお家の方で、ご主人は尺八をされています」といわれた。「では行こう」と、一行は私についてきた。関西テレビだと言ったが何という番組でリーダーの方の名前も知らず、家に着いた。主人がいることはわかっていたが、突然では面食

らうと思って門のインターホンで
「関西テレビの人がきたはんねんけど出て来て下さい」と言った。

主人は直ぐに出て来てにこやかに迎え入れた。玄関を開けて奥の間にどかどかと十人ほどの人が入って来て、主人に
「尺八を吹いてください」と言う。誰かが小さな声で「春の海」と言った。

主人は「ふけるかな」と、笑いながら言葉を返した。すると「江差追分」という声が聞こえた。

何も知らない私は、「この人歌えるの」と言った。

どこからか「この方、歌手です」と声が聞こえた。「失礼なことを言った」と思った。主人は尺八を持って来て「江差追分」を吹き出し、リーダーの人が「江差追分」を歌いだした。

ひと節二節歌ったところで歌詞が違うことにきずき歌をやめられたので、尺八も止めて主人は「どんな歌詞でもいいのですよ」と、うまく合わせていた。後で聞いたところ「よーいどん」のテーマ曲の歌詞を「江差追分」のリズムにのせて歌われたようだ。

もう一度、最初から歌われるようだったが、途中でやめて出て行ってしまった。

後に残った方が名刺を出して一枚の紙を渡し主人と私の名前と年令をひかえて帰られた。

紙には朝の関西テレビの「よーいどん」という番組であること、「ご協力ありがとうございました。六月十一日、十二日に放映します」と書いてあった。

夜になり大津の息子に電話で伝えたところ、リーダーの方は歌手の「円ひろし」で視聴率の高い番組である事が分かった。一度も見たことのない番組で急に出くわして対応の仕方も分からず、どうせカットされるだろうと主人と話していたら、放映二日ほど前に十一日に放映しますと言ってきた。

初めて見る自分の姿は当然だが「おばあさん」で嫌になった。ただテレビの力は予想以上に大きく、いとこや知人などから今でも電話がある。

ある日突然に

「ああア」突然身体が宙に舞った。次の瞬間、私の体は、硬い玄関の敷石にたたきつけられていた。しばらくは声も出ない。起き上がろうとしても腰が痛くておきあがれない。

「誰か来て、誰か来て」と呼ぶが、隣の部屋で息子達の声は聞こえているがわたしの声は届かないようだ。二十分ほども経って、息子が出て来て私を見つけ、

「おばあちゃん、どうしたんや、幸輝、おばあちゃんが大変や、おじいちゃんを呼んできて」と言い、息子と主人とで私を寝床まで連れていって寝かせてくれた。直ぐに病院へと息子は言ったが、土曜日だし夜も遅いので明日朝にと私が言って、翌日の朝、病院へ行くことになった。

やはり、背骨の下から三番目の骨が折れているようで即入院となった。

それにしても入院は何度も経験済みだし、相部屋の経験も何度かあったが、今回ほど何とも言えない寂しさを味わった事は初めてであった。何か私の近未来を見せられしまったよう

で何とも言いようのない嫌悪感を持った。前のYさんは軽い脳梗塞で二歳上、隣のKさんは寝たきり状態で五歳上、斜め向かいのTさんは胃瘻でオムツ、寝たきり状態で十歳上。ある日、五階へ変わられた。五階は寝たきり状態の人ばかりなのかもしれない。隣のKさんは食事になると先ず痰の吸引をされる。その苦しそうな音を聞きながらの食事など美味しいはずがない。夜と昼とが入れ替わって夜通し独り言を大きな声でしゃべっている日もあった。自分もいずれそうなっていくのかと思うとなんともやり切れない気持ちになった。

一つだけ驚いたことがあった。主人が庭で咲いた花を一輪挿しと持って来てくれたので棚の隅に生けていたら、看護師長さんにダメだと言われた。理由は聞かなかったが、時代が変われば変わるものだと思った。

入院したその日、コルセットの採寸に来られたがコルセットができるまでは安静にして寝ているしかなく、トイレは看護師さんに車椅子で連れていってもらった。それでも寝起きの時の痛さは涙が出るほどだった。五日ほどしてコルセットが出来ると、装着してリハビリが始まった。一週間後、歩行器に変わり、三日程で杖に変わり、坂道や階段の昇り降りの練習が始まった。このころになると痛みも大分無くなって来ていた。私は、歩行器の時も杖の時も廊下を端から端まで歩き、一階の売店まで行ったり、テレビのある談話室まで行ったりして、とにかく早く杖なしで歩けるようになりたくて動き回っていた。その結果一ケ月で、杖なしで階段も坂道も歩けるようになり退院する事が出来た。

民生委員の方が見えて、介護保険の申請と退院後リハビリ病院への入院を勧めてくださったが、主治医の先生もリハビリの先生も家に帰って家事をして、歩く事がリハビリになると言われた。今年の夏は特に暑かったのであまり歩かなかった。この年になると少しの気のたるみが大きな事故に繋がってくる事を思い知らされた。

子供とマナー

昨年の秋、京都からの帰りに京阪三条から一人で京阪電車の特急に乗った。一部が二階建になっている車両で、その一階部分の窓側の席に座ってぼんやり窓の外を眺めていた。何駅かは忘れたが、学校帰りの小学生が、四、五人乗って来て、その中の一人が私の隣に座った。三年生ぐらいの男の子ですぐに別の子が来て入れ替わる。また、すぐにーという具合に四、五人の子供が一階と二階を走り廻っている状態。乗客の人達の顔は見えないが、皆うるさいなーという雰囲気がただよう。私は思い切って隣の男の子に、

「電車の中では静かにしなさい。しんどい人もねむたい人もいはるやろ」と言った。その子は「すみません」と言ってしばらく隣に座っていたが、そのうち、何処かへ行ってしまった。

又少し前になるが、近鉄の高田からの帰り、車内で私の前で高校生ぐらいの男女がイチャイチャしている。午後の三時頃で車内は空いていたが、扉の側の席で前に私が座っているの

にである。そのうち、下田駅で杖をついたいかにも足の弱そうなおじいさんが乗って来られた。おじいさんは空いた席を探されたが、二人の高校生の隣まで行く前に電車が動き出したのでドアの側の手すりに捕まってやっと立っておられる。私は二人の高校生の前に行き「あんた達、もう少し寄りなさい。おじいさんが座れないでしょう」と、言った。二人は驚いたようで、入り口の席を空けて下を向いてしまった。おじいさんは倒れ込むように席に座られた。そのうち私が降りる駅に着いたのでその後の事は知らない。

又ある夏の日、私はブラインドを背に座っていたら、四、五歳の男の子を連れたおばあさんが乗って来られて隣に座った。男の子が私の隣で外を見たいと後ろ向きになったとたん、おばあさんはブラインドをスウーと揚げた。サット日が射し込み暑い。その時私は何にも言わなかったが、私だったら孫に「今日は日差しが強いから前を向いていようね」と言っただろうと思う。

以前よく大津の孫と電車に乗ったことがあった。幼稚園から小学低学年の頃、お正月やお盆の仕事の忙しい時、孫を預かっていた。車内が空いている時はみんな座るが席が一つしかない時は、

「あんた達若いから立っていなさい。おばあちゃんは年寄りだから座る」と言って私が座る。周囲の人々はみな「ニヤー」と笑っておられるが、「お年寄りを大切に」という事は小さい時からしつけないと、と思う。

現在、我が家は二世帯同居である。中学二年と三年の孫がいる。夕方、私が庭いじりをしているところ孫達が学校から帰って来る。

「おかえり」と、私が言う。
「ただいま」と、孫が言う。いつもの事だが孫のほうから「ただいま」と、言うまで根気よく続けている。

息子達家族は裏口から出入りし、私と主人は玄関から出入りしているが、裏口は狭いので孫達は玄関を使っている。いつもながら孫達の靴はアチ、コチに散らかっていた。それを嫁の由起子さんがいつも揃えていた。先日、私は孫達を呼んで言った。
「玄関で靴を脱ぐときは、下駄箱に近い所へ揃えて脱ぐのよ」と、「できれば、次に履きやすいように、向きを変えてね」とも付け加えた。

「何故、下駄箱に近い所か、知っている」

「………」

「それはね、玄関にも上座、下座、があってね、下駄箱に近いところが下座なの。で、お客さんには上座を空けておくのよ」と。

その後、孫たちは下駄箱に近いところに揃えて脱ぐようになった。

孫達にはうるさいおばあちゃん、厳しいおばあちゃんと思われているかもしれないが、マナーは教えないと分からないし、厳しくしないと良い子は育たない。

子供を叱らない親、孫に甘い祖父母、子供に注意しない大人達、これでは、日本の明るい未来は望めない。

縁、運、つきについて（その一）

テレビで「鶴瓶の家族に乾杯」を見ていたら、「縁、運、つき」と言う言葉を小学生に教えているシーンがあった。人との縁を大切にしたら運がついてくると、言うことだろう。この歳になれば「確かになるほど」と思う事が周りを見渡せばある。最近は「こうしてあげたい」と思っても身体がついていかない事があるが、母が存命中は後で後悔しないようにと、喜ぶことをいろいろやっていた。

私が五十歳、母七十歳ぐらいの頃は、一緒によく母子旅行もした。そのうちに二人だけではタクシー代も勿体ないし楽しくもないので、叔母さんたち（母の妹二人）を誘う事を思いついた。叔母さんたちに話すと喜んで参加すると言ってくれた。それからは私が独断で計画して、四人が都合のよい時を選んで出かけた。彦根から湖東三山、金沢から黒部、高山などへ行った。叔母さんたちは添乗員付きだと、いつも喜んでくれた。妹は「姉ちゃん、よう、三人もおばあさん連れていくなア」と、呆れ顔で言った。

「三人だからいいのよ。みんな一度に何か起こることなんてないやろ」

三年ほどたつと他の従妹たちも一緒に行きたいと言い出した。だが人数が多くなるといろいろ決めにくいことも出来ていつの間にか立ち消えになってしまった。

それからも旅行でなくても時折叔母さんたちに電話をしていた私は、叔母さんのうち一人が亡くなってお葬式の時、従妹から、

「お母さん、私に、子供の私より姉ちゃんの方がよく電話してくれると、喜んでいたよ」と言われた。特に意識していたわけではないが、叔父さんが亡くなった後の叔母さんの気持ちを考えて、何気ない話をする事でも気持ちが落ち着くのでは、と思って、電話をしていたのだった。

東京の病院に入院していた時には経堂に住むAさんと仲良くなり、その後も通院の時には泊めてもらったり、一緒に箱根に行ったりした。今は年賀状の交換ぐらいになってしまったが、楽しい思い出がたくさんある。又、沖縄へ行っていたとき出会った隣の部屋のMさんからは、現在も年に一度、宮古島産のマンゴーを送ってもらっている。

いつか大阪で流感でマスクが売り切れてなくなった時、東京と沖縄からマスクが送られて来て驚いたことがあった。これも縁のお陰である。

縁、運、つきについて（その二）

「敏子さん、お隣の先生、聴診器もあててくれはれへんかったので、言おうと思ったこと、いわれへんかったわ」と、風邪気味で隣の内科へ行った主人の姉の貞子姉さんが言った。

「言おうと思ったことって、どんなこと」

すると、姉さんは私の前に来ると、ゆっくりとカーデガンを脱ぎセーターとシャツを持ち上げて胸をひろげた。右の乳房に火山の噴火口を小さくしたようなのができている。

「お姉さん、一度病院へ行ってみてもらった方がいいわ」

「嫁にも娘にも見てもらったけど、誰も何も言われへんかった」

私は日赤病院で乳腺外科の診察日があるのを知っていたので直ぐに電話をした。丁度翌日がその日だった。

「お姉さん、明日、日赤病院へ行って受診してもらったらいいわ、私も一緒に行ってあげたいけど刺繍のお稽古があるので行けないの、ごめんね」

当時、私は、家で刺繡を教えていた。平成十一年一月頃の事である。その頃、主人と長男は会社勤め、母は入院中。そこへ次男のところに二人目が生まれるとあって、一歳二か月の上の子を預かってやらなければならなかったので、主人と相談してお姉さんにお手伝いにきて頂いていた。それが、出産が終わってからにするとか息子に相談するとか言って、なかなか腰をあげない。

「病院へ行って何もなければ心配もないし、誰にも相談することなんかないでしょう」と少し強腰にいった。翌日しぶしぶ出かけたが、お昼になっても帰って来ない。気にしながらお稽古をしていると、三時頃になって電話が鳴った。慌てて出ると

「乳がんなんだって。もう少し検査があるので遅くなるわ、手術は三月八日だそうです。一週間後に家族と一緒に来るように言われたわ」と、お姉さんの声。

「手術は三月八日だって、随分先なのね、でもきっと早期発見だから大丈夫だよ、気を付けて帰って来てね」と、私は電話を切った。

それから家に帰って入院の準備をして、一週間後に息子さんや娘さんと一緒に病院に行き、先生に会うと

「手術は二月七日にします。一か月で急に進むとは思わないが早い方が良いでしょう。入院

手続きをして帰って下さい」と、言われた。

その後、手術は無事すみ、現在も元気にしておられるが、運が良かったと言うこと以外言うべき言葉がない。それにしても我が家へ来てもらったことも私の家の都合が偶然だったし、その結果私が見たのも偶然、やはりお姉さんが縁を大切にして来られた事が幸運を引き寄せたのだと思う。嫁がれた身でありながら自分のご両親の最後もみとられた事や、私が乳がんになった時には、一時的ではあるが十ケ月の次男を見てくださった事など今でも感謝している。

X　父方の祖父母のこと

高校野球が始まると、祖父（父方）の事を思い出す。暑い中、毎日毎日甲子園へ出かけて行った。私は「おじいちゃん年なのにしんどくないのかな」と思っていたが考えてみると七〇歳で亡くなったので当時六〇歳後半だったのだ。

祖父、細井弥吾平は奈良県橿原市見瀬町の生まれで、若い頃でっち奉公で大阪の呉服問屋へ勤めたようだ。そこで認められて手広く呉服整理業を営み、財をなし小阪で奈良街道に面した家を買い、続きの土地や小阪駅前に借家なども手に入れたようだ。だが、子供に恵まれず、当時、堀江で大きな呉服屋を営んでいた伊藤家の次男を養子としてもらい育てたのが私の父である。私が祖父を知ったのは、大阪南の三角公園の前の家で両親や妹達と暮らしていた頃からである。家業の呉服整理業は祖父から父へ譲られたらしいが、祖父はもっと手広くやっていて、家も江戸堀にあり、屋上では運動会が出来るほど広かったと、母からよく聞かされた。

防水した反物を干すのに広い所が必要だったのだろう。私はこの江戸堀の家で生まれたらしいが、意識の中にはない。

仕事が忙しい時には祖父が小阪から手伝いに来ていた。いつも帰りには私と次の妹とが乳母車に乗せられて母と共に湊町駅まで送って行った。湊町駅の前に「キムラヤ」のパン屋さんがあり祖父は孫の私達にパンを買ってくれた。妹はパンの中のクリームやジャムだけを指で食べてしまっていて母によく叱られていた。又、祖父が来たときは必ず夕食に出前をとるので、私達子供もおすそ分けでご馳走を食べることが出来た。八幡筋に夜店がある時には夜店へつれて行って貰った。金魚すくいをよくした。心斎橋をとおり千日前まで送って行った。

少し大きくなって幼稚園や小学生低学年になると、私達子供だけで小阪の祖父宅に泊まることもあった。そんな時おじいちゃんは良くマンガの本を買いに連れて行ってくれた。途中で人に会うと、町会長をしていた祖父は立ち話をする。その間そばで待っているのが退屈だった。又、夜はラジオで浪曲を聞くのが好きで、私達子供は、親恋しくなり、しくしく泣き出すと、「泣くな」と大声で叱られた。

戦後大阪の家が焼けてなくなり、祖母も亡くなって、家族として同居していた頃は、お酒が好きで一升びんを下げて近所の友達の家へ行き夜通し飲んで翌朝父と迎えに行った事もあった。囲碁や将棋も好きでよく離れで友人とやっていた。特に印象に残っているのは広い庭を丁寧に手入れしていたことである。コケの生えている場所に入る時は藁草履に履き替えて作業していた姿である。

ある時、母は中学生になっている私を呼ぶと、「おじいちゃんがもう長くないので学校から帰ったらなるべくおじいちゃんのところへ行きなさい」と言った。急に言われて驚いた。私が学校から帰って離れにいる祖父の所へ行くと、火鉢のそばにいた祖父は立ち上がってトイレに行った。帰って来て「もうすぐトイレにも行けなくなる」と言った。私は「そんな事ないわ」と言ったが、祖父は分かっているんだなと思った。それからしばらくして、学校へ行こうと門まで出た時、呼びとめられて離れに急ぐと父の腕の中で息を引き取った祖父が居た。肝臓がんであった。

血のつながりのない私達五人姉妹であったが、分け隔てなく可愛がってくれた「おじいちゃん」であった。

細井敏子　病歴

昭和44年、左右乳房にしこりを見つける。八尾市民病院にてホルモン注射をするがよくならないので細胞診をする。（34歳）

結果、良性の硝子性繊維腫と言われた。

昭和46年、次男を出産する。

昭和47年3月八尾市民病院にて左乳房のしこりを取り細胞診をする。

結果癌細胞が見つかる。（37歳）

東大阪市民病院（妹の主人が整形外科医としていたため）にて4月に左乳房を手術、退院間際に右のしこりを調べてもらうと、前がん症状と言われ5月に右乳房も手術する。

その後、再発予防のため、警察病院にてコバルト60を150回照射する。

昭和48年3月照射が終わった。が、コバルト60による肺炎をおこし抗生薬を飲みやっと元気になる。

地域の検診を受けたところ、心電図が異常で循環器科で調べて貰ったら放射線によるものと言われた。心筋障害の疑い。

昭和63年、胸の皮膚が赤紫になり、皮膚科に行くと皮膚を替えないと皮膚がんになると言われた。乳房再建手術で乳房もでき皮膚も変えられると言われ、警察病院で手術する予定だったが、あけぼの会の方から当時日本で一番の先生は、聖マリアンナの酒井先生と聞き、酒井先生にお願いした。
3年がかりで乳頭までの手術が終わった。（53歳-56歳）
平成17年、咳と痰が良く出るようになり呼吸器科で診てもらうと放射線による気管支拡張症と言われた。西洋医学では治らないとも言われた。
気温の高い夏の間は、普通に生活できるが気温が下がると息苦しくなるので、冬の間だけ4ケ月、3年間、沖縄で暮らした。
沖縄の鍼の先生に奈良の学園前の鍼の先生を紹介され、その先生の鍼で良くなった。（73歳）
昨年（平成29年3月）痰と咳がひどくなり、呼吸器科を受診すると心不全による肺水腫と診断されて現在も利尿剤などの治療を受けている。（82歳）
私の考えではこれも放射線によるものではないかと思っている。

昭和・平成時代を生き抜いて

――細井敏子さんの『懐かしの日々、忘れがたき日々』をめぐって

倉橋健一

「おかあさーん」と、私は大きな声で叫ぶ。二階の窓に顔が見えたかと思うと、直ぐに玄関の戸が開いて、私を迎えに来てくれた。

人なつっこい、佐多稲子とか向田邦子とか日常生活を描くのがうまい女性作家の作風を思わせる、なかなか味のある温かみのある書き出しである。

昭和十四年頃の大阪・南の今のアメリカ村の西端あたり。三角公園とは今の御津公園のことだろう。時代はすでに15年戦争期に入っていたが、でもいたるところ、まだまだ平和でのどかな雰囲気が漲っていた。細井敏子さんはこの地で呉服整理業を営んでいた家の長女に生

まれ、病弱だが何不自由なく育てられる。だが時代はやがて戦火の日々にかわり、幼い妹二人を連れて疎開先の親戚の家に向かう途中には、大編隊の敵機による大阪爆撃をも目撃したりする。

幼い体験から書きはじめられたこの自分史は、全体が一〇章に分けられ、丹念に時系列に綴られる。文字通り、昭和初期にはじまる体験であるだけに、コンピューターが導入される以前の手仕事の多かった銀行員時代のことなど、読んでいて、なかなかどのエピソードもドラマチックで興味深い。細井さんはとても小柄な女性だが、そんな彼女が現金輸送係をしたなど、今ではとてもじゃないが考えつかないところ。さらには戦後、父が営んでいた質屋業の後始末の様子なども、戦後生まれの人から見れば、はるかにとおい過去のことに見えるかも知れない。

そして、そのなかにあって、三七歳の頃の乳ガンにはじまる不連続だが長い闘病生活、そのひと駒ひと駒に、負けん気の強い性格もうかがえてじめじめとしない。たとえば、今では手広く子供服店を営む次男の出生についての、こんな記述もある。

ところが三五歳の時妊娠、母は私の体調がすぐれないので中絶をすすめたが、K先生に相談すると、「年齢的にも最後のチャンスだし、子供にとって兄弟がいる事は何よりもよい事、それに妊娠、出産は病気ではないので生みなさい」といわれた。「念のため、総合病院で」とも付け加えられた。そして翌年六月次男が生まれた。

正確には乳ガンに罹る以前のこととなろうが、ひとつ違えば中絶の憂き目にあってたかも知れないのだから、息子の目からみれば九死に一生を得たといってもいいかも知れない。このあたりもこの自分史の醍醐味で、こういう本音で綴られるところにこそ、本来、自分史の価値はあるべきだろう。

ともあれ、こうして細井さんのこの一冊は成った。ついでながら、内輪話を書き止めておくと、私は六年前の平成二五年に、八尾市の生涯学習センターでやっている八尾文章クラブに細井さんが参加されたことで知り合った。その時から自分史の構想はあったと思うが、月に二回五枚程度の文を皆んなが持ち寄るという会のきまりもあって、はじめは比較的最近のことについての文章が多く、正直なところ、今度、時系列に整理された文を見ておどろいた。小さなエピソードの丹念な積み上げで、みごとに自分が生きてきた激しい変化に満ちた昭和・平成の日々が、独自なリアリティをもって浮き彫りにされているのを見たからである。たんなる思い出ではなく、書き溜められたことで、すべてがヨコ一列の現実になっている。生きている現在になっている。

さらに補足すれば、丹念に時系列に綴られていると先に書いたが、第四章の「旅の思い出」だけはテーマに沿って編まれていること、九章の「折々の日々」はいちばん新しい文章であることを告げておきたい。ねばり強く、じわりじわりと生きていることの日々がいとおしくなる、とてもいい一冊になった。たくさんの若い世代の人びとの目にふれることを祈ってやまない。

二〇一九年霜月《フリメール》

懐かしの日々、忘れがたき日々
――今、生涯を振り返って

二〇一九年十二月二十一日発行

著　者　細井敏子
発行者　松村信人
発行所　澪　標　みおつくし
大阪市中央区内平野町二―三―十一―二〇二
TEL　〇六―六九四四―〇八六九
FAX　〇六―六九四四―〇六〇〇
振替　〇〇九七〇―三―七二五〇六
印刷製本　亜細亜印刷株式会社

定価はカバーに表示しています
落丁・乱丁はお取り替えいたします